Le dernier Syrien

DU MÊME AUTEUR

La Mort ne séduit pas les ivrognes, L'Oreille du Loup, 2014.

Loin de Damas, Le Temps des cerises, 2016.

L'Enfant oublié, Éditions Signum, 2016.

Le Petit Terroriste, Flammarion, 2018 ; J'ai lu, 2019.

Une chambre en exil, Flammarion, 2022.

OMAR YOUSSEF SOULEIMANE

Le dernier Syrien

ROMAN

J'AI LU

Chapitre 1

C'est une vieille histoire.

Des commerçants avaient trouvé un enfant dans un puits, près de pyramides en Égypte. Ils décidèrent de l'emmener au marché aux esclaves où il fut vendu au grand intendant du pharaon lequel, sans descendance et fasciné par l'intelligence de ce petit garçon, l'adopta.

L'enfant grandit dans les palais et devint extrêmement beau : son visage envoûtant fit naître une passion inavouable chez sa mère adoptive.

Un jour, elle réunit autour d'elle ses amies et distribua à chacune un couteau alors que le jeune homme leur apportait des fruits. À la vue de cet être magnifique et troublées par sa beauté, les femmes se tailladèrent les doigts. « Ce n'est pas un être humain, c'est un ange ! » s'écrièrent-elles. Redoublant de désir pour le jeune homme, la maîtresse de maison voulut l'enfermer pour se réserver ses charmes. Il se défendit mais, à l'arrivée du père adoptif, la femme l'accusa d'avoir tenté de la violer. Bien que le mensonge fût avéré, le grand intendant jeta le jeune homme en prison.

Cette anecdote avait été racontée à Youssef des dizaines de fois : « C'est pourquoi je t'ai appelé Youssef, mon chéri. Afin que tu sois beau, comme ce prophète », lui disait sa mère pendant les soirées d'hiver, alors qu'il avait la tête posée sur ses genoux et qu'elle glissait sa main dans ses cheveux. « Il faisait des miracles, pouvait connaître l'avenir à travers les rêves des gens et, finalement, il fut libéré, car il était honnête, patient et n'avait jamais abandonné ses principes. » Ces mots étaient les derniers que l'enfant entendait avant de s'endormir.

C'est une vieille histoire.

En mars 2011, quand Youssef participa à la première manifestation à Damas, il eut l'impression que le cri de liberté poussé contre le régime d'Al-Assad, après quarante ans de silence et de peur, était un miracle plus puissant que celui du prophète. Aucun dieu ne l'avait provoqué, c'était le produit pur de l'indignation. Bouazizi s'était immolé par le feu en Tunisie pour dire non au dictateur Ben Ali et, en réponse à son sacrifice, une grande vague de manifestations avait submergé l'Égypte, la Libye, le Yémen et puis la Syrie. Ce tsunami de colère n'avait été prévu par personne.

À la fin de la manifestation, un policier avait poursuivi Youssef qui avait couru jusqu'à l'entrée d'un bâtiment, jeté son sac et enlevé sa veste. En sortant, il avait joué le mendiant, demandé une pièce au policier et continué sa route. Aujourd'hui encore, il ne comprend pas comment il a pu oser faire cela ni comment son poursuivant ne l'a pas reconnu. Depuis, il a l'impression que tout ce qu'il voit autour de lui n'est rien d'autre qu'un film. Cette pensée, qui le fait rire, lui vient encore dans les moments les plus durs.

Il n'est pas revenu à Damas depuis cet épisode. La capitale lui manque et l'inspire. Et, malgré le risque d'être arrêté par les services de renseignement, c'est une aventure excitante d'y retourner pour rencontrer de nouveaux camarades. Pour lui, Damas est comme un miroir, un soleil entre deux nuages, là, il se sent éternel. Chaque fois qu'il la visite, il a l'impression de retrouver une partie de son âme. Il adore se balader dans la vieille ville, pendant des heures ; c'est le seul endroit où l'avenir ne l'obsède pas : un oiseau en vol qu'il poursuit sans cesse.

Youssef porte ses plus beaux vêtements, il voudrait être élégant s'il venait à disparaître de ce monde, c'est sa façon à lui de résister.

Chapitre 2

La joie l'envahit pendant qu'il regarde le paysage défiler à travers la fenêtre du bus. À ce moment-là, rien ne peut troubler son bonheur ni ébranler sa force ; tout va bien se passer, cette idée enflamme son cœur.

De son siège, il observe son reflet dans la vitre, il médite sur son prénom : « Je n'ai aucun lien avec ce prophète, je ne sais même pas si c'est une histoire vraie et je m'en fiche. Il devinait l'avenir à travers les rêves, les rebelles, eux, les réalisent et c'est le plus important. »

L'espace entre son fauteuil et celui de devant est étroit, ce n'est pas nouveau, il a souvent ce problème avec ses grandes jambes ; quand il était petit, les autres élèves le surnommaient l'Araignée et lui donnaient des coups de pied.

Il pense ensuite à ses camarades de Qalb, rencontrés à Homs il y a quelques mois : des militants qui se battent pour un avenir différent, désireux de rassembler toutes les composantes de la jeunesse syrienne contre le régime. Ces étudiants, souvent brillants et très actifs, des scientifiques aussi bien que des littéraires, viennent de plusieurs universités. Ils en avaient tous marre de la corruption qui y régnait : les enfants d'officiers pouvaient par exemple avoir accès aux sujets avant les examens. Ces militants se sont regroupés dès le début de la révolution et, après beaucoup de discussions, ont décidé de créer un mouvement politique. Pour Youssef, l'objectif premier est d'éviter une guerre civile. « Il faut résister au régime pacifiquement, refuser toutes les formes de violence et rester indépendants : nous ne sommes pas un parti politique qui veut arriver au pouvoir. »

Le bus passe à côté d'une statue dorée de l'ex-président Hafez Al-Assad, souriant, bras levé en signe de salut. « Bientôt, cette terre sera libre. Tu vas voir, on va te donner un coup de pied au cul, on va t'écraser et te jeter à la poubelle », se dit-il. Il lit les nouvelles sur son portable : « Des manifestations dans le Sud, malgré le siège par l'armée du régime. Un garçon de 19 ans tué sur la côte par la balle d'un sniper. » Il bascule vers les informations internationales : « Les milices islamistes combattent le gouvernement dans la capitale de la Libye. Des élections démocratiques pour la première fois en Tunisie. Un nouveau scandale sexuel autour de Berlusconi. »

Il tourne la tête à gauche, un homme d'une cinquantaine d'années mange des graines de tournesol en visionnant le film insipide qui est diffusé sur l'écran du véhicule. Youssef n'a jamais aimé cette habitude de projeter des films nuls dans des bus bondés. On n'entend pas la voix des acteurs et ce type de films des années 1970 se termine toujours bien : les deux héros se marient tandis que les mauvais sont morts ou en prison. Ce monde où règne la plus parfaite des justices sonne faux et ne lui convient pas. L'une des dernières scènes montre l'arrivée de la police qui arrête un groupe de dealers. Puis un couple riant aux éclats se balade sur la rive d'un fleuve en échangeant des regards langoureux. « C'est toujours pareil, on se contente d'un seul long-métrage à la place des mille autres que le monde arabe produit à notre époque », pense Youssef. Il voudrait parler à l'homme fasciné par cette scène, lui dire d'arrêter, de penser plutôt aux événements qui ont eu lieu récemment, mais il revient à la fenêtre ; perdu dans ses pensées, il est heureux en imaginant ce qu'il va faire à Damas. Il y arrivera dans une demi-heure ; l'asphalte défile sous le véhicule, mais pour Youssef, le trajet est encore long.

Chapitre 3

Au début d'octobre, à Damas, la chaleur se mélange à l'air frais, on a l'impression de vivre deux saisons à la fois. Le ciel est clair, la ville baigne dans une lumière douce.

À côté du souk Al-Hamidiyah, on peut voir la statue de Saladin assis sur un cheval et brandissant son épée, deux soldats debout à ses côtés, traînant des prisonniers capturés en croisade. Derrière la statue, on aperçoit la citadelle, ses créneaux traversés par les rayons du soleil qui rappellent de vieilles civilisations, batailles, victoires et défaites. Depuis des siècles, ces lieux racontent l'histoire de cette ville, occupée par les Romains, les Mongols, les Turcs… tous partis. Elle s'est maintenue, toujours rayonnante.

Mohammad, lassé d'attendre devant le souk, s'éloigne en faisant semblant d'engager une conversation téléphonique. Dissimulé par des articles de pacotille accrochés devant une boutique, il scrute les passants. Chaque fois que l'un d'eux se tourne vers lui, il sursaute.

Il regrette d'avoir fixé ce rendez-vous si près de son magasin de vêtements ; il risque de croiser un de ses clients. Ça fait des années qu'il travaille là, c'est une affaire de famille : son père et son grand-père ont tenu cette boutique avant lui. Ils y ont passé leur vie. Une bonne réputation, c'est essentiel pour fidéliser les clients. Que diraient-ils tous ? Le traiteraient-ils de pédé ? Qui oserait entrer dans sa boutique après cela ?

Il remarque un vendeur à la sauvette, il a peur, souvent ces gens-là travaillent pour les services de renseignement. Il les connaît depuis longtemps, depuis cette nuit où ils sont arrivés chez lui dans l'obscurité. Il ne distinguait même pas leurs visages. Il se souvient très bien de leurs godasses militaires dans le couloir écrasant le visage de son père : « Tu veux faire un coup d'État, connard ? » Et ils l'avaient embarqué. Mohammad, agrippé à la robe de sa mère, tremblait. Il sentait l'urine couler le long de ses jambes. Il ne comprenait rien, un seul sentiment l'habitait : l'horreur. C'est le cas aujourd'hui encore, chaque fois qu'il croise un homme des services de renseignement. La mère de Mohammad avait couru après eux : « Vous l'emmenez où ? Arrêtez ! Attendez ! » Son père lui avait hurlé : « Ce ne sera pas long, c'est une erreur ! J'en suis sûr, ne t'inquiète pas ! »

Après cette nuit, quand Mohammad lui demandait où était son papa, elle lui répondait qu'il était en voyage. Les années ont passé, ils les ont vécues tous les deux dans leur grande maison. Sa mère était dure avec lui. Elle lui répétait sans cesse : « Tu n'es pas comme les autres. Tu es l'enfant du héros. Il faut que tu suives son exemple. » Il hochait la tête et lui demandait ensuite l'autorisation de regarder son dessin animé préféré, *Cendrillon*. Une fois, alors qu'il avait rejoint sur le trottoir d'autres enfants pour jouer au football, sa mère est arrivée, l'a frappé devant ses camarades avant de le ramener à l'intérieur. Pour elle, la rue était un monde sauvage auquel il n'avait pas le droit d'accéder seul.

Ce n'est pas encore l'heure de son rendez-vous mais, comme à son habitude, il est en avance.

Chapitre 4

Bien que ce ne soit pas commun, elle a choisi de se rebaptiser Joséphine. Non seulement par amour pour Joséphine Baker, mais également pour sa signification : celle qui rassemble. Personne ne connaît son vrai prénom. Quand on le lui demande, elle répond en riant : « J'ai oublié. »

Sa vie est un cœur qui palpite par ses réseaux. Dès sa première année à l'université, elle s'est fait des amis partout : à Alep, à Homs, à Damas, sur la côte. Elle circule sans cesse, d'un lieu à l'autre pour les voir. Chaque fois qu'elle retrouve quelqu'un, elle a l'impression de se redécouvrir. Son bonheur, c'est de résoudre leurs problèmes ; aujourd'hui, elle essaye de trouver une solution pour ceux de son pays.

Elle habite à Damas depuis trois ans, après avoir quitté la maison de ses parents sur la côte pour étudier l'anglais. Un simple prétexte pour fuir sa famille. Elle était la seule fille entourée par trois frères, étouffée dans un petit village où tout le monde se connaissait. Damas, pour elle, était un monde nouveau où respirer. Son père avait d'abord refusé qu'elle s'en aille, mais elle était parvenue à le persuader. « Je vais devenir prof, et tu pourras être fier de moi devant tes amis. » Il lui a donné tout ce dont elle avait besoin pour ses études.

Joséphine est stressée, sans raison particulière, mais c'est toujours comme cela. Elle entre dans une boutique, choisit des produits de beauté, très vite, sans même les regarder, paye et file vers la rue. Elle n'est pas loin de son quartier, Chaalane, elle court, un sac sur le dos, son portable dans la main, qu'elle regarde tout le temps pour répondre aux dizaines de messages qu'elle reçoit. Un garçon l'interpelle : « Tu fais quoi ce soir ? Je veux te lécher la chatte. » Elle dresse son majeur dans sa direction sans même le regarder.

Elle reçoit un message de Khalil : « Je suis dans ta rue, je t'attends. » Elle sourit, ce simple message lui plaît : elle sait qu'il peut y aller sans elle. Elle passe sa langue sur ses lèvres, hésite quant à sa réponse. Il a la clé, comme tous ses amis. « Mon appartement est à vous tous. Moi, ma seule maison, ce sont vos bras », leur répète-t-elle tous les jours. Elle l'a rencontré peu après avoir créé Daou, un groupe de militants de la capitale. C'était en avril, un mois après le début de la révolution. « Il faut rassembler tous les jeunes militants de toutes les régions, concentrer toutes les énergies comme un laser pour détruire la mafia Al-Assad. » Son enfance lui a inspiré cette idée : avec ses amis, ils utilisaient une loupe pour mettre le feu à des feuilles dans le jardin. Khalil a été l'un des premiers à la rejoindre. Il adore travailler avec elle, il est prêt à rester des jours sans dormir pour préparer une manifestation si cette fille, Joséphine, est là. Elle lui répond : « Monte, j'arrive. »

Chapitre 5

L'ascenseur est tout petit, Youssef s'écarte pour laisser passer Joséphine. Elle refuse, il insiste. Elle le pousse par l'épaule : « Vas-y, mon chou, oublie le cliché, je préfère être à côté de la porte. » Elle glisse sa main dans son soutien-gorge. « Ne regarde pas, ce n'est pas un strip-tease ! » dit-elle en éclatant de rire. Elle fixe ses yeux et n'y trouve aucun désir. Elle garde sa main sous sa chemise, sans bouger, elle oublie ce qu'elle cherche. Elle n'imaginait pas que la réaction de Youssef serait si froide, si calme. Il la regarde à son tour. Il semble complètement indifférent.

Elle sort un stylo et le lui tend.

« J'en fais quoi ?

— On fait quoi avec un stylo, on danse ?

— Pourquoi tu me le donnes ?

— Cadeau. Pas pour écrire, pour filmer. »

Elle enlève le capuchon, en extrait une minuscule caméra numérique, le remet en place, appuie sur le bouton du stylo et le fixe sur sa poche de poitrine en disant : « Je t'aime, Youssef, tu es magnifique ! » Il remarque, en bas de l'ascenseur, un tag : un cœur rouge percé d'une flèche. Il le montre à Joséphine et répond : « Je le sais, en voilà la preuve. »

Chapitre 6

Les écouteurs pendant sur les épaules, Khalil, qui s'est fait élégant, se frotte les yeux de temps à autre, sans cesser de jeter des coups d'œil à Youssef qui échange des blagues avec Joséphine. Ces deux-là semblent proches, ils sont même entrés ensemble dans l'appartement en riant. Des dizaines de questions tournent dans sa tête : tout ce qu'il sait de Youssef, c'est qu'il habite à Homs. Depuis les événements, il tente de percer à jour le véritable caractère des gens afin d'être sûr que ce ne sont pas des espions. Mais il n'arrive pas à jauger ce nouveau visiteur. Rachid, un autre militant allongé sur le canapé, fume du shit et s'adresse à Khalil : « Quand on te voit, on se dit que tu as un rencard avec une princesse, pas que tu vas à une réunion politique. » Ce n'est pas la première fois que Rachid lui fait ce genre de remarque ; quand ils se sont rencontrés, Rachid avait touché son bras et dit : « Quel beau gosse ! » Khalil avait souri, mais aujourd'hui, il n'est pas de bonne humeur.

Et ne pas comprendre la raison de cette mélancolie qui le submerge et l'étouffe le rend encore plus triste.

La lumière provenant de l'éclairage du balcon se reflète sur une table de verre au cœur du salon. Les canapés sont disposés de façon anarchique. Le manteau de Joséphine gît à côté de son châle. Le placard ouvert déborde de vêtements de toutes les couleurs. Un tableau au mur représente un vieil homme qui marche, son visage est tourné vers le salon comme s'il observait Joséphine. Elle sort une clé USB du stylo et la branche à son ordinateur installé sur la table. Khalil, Youssef, Rachid et Joséphine voient et entendent distinctement le : « Je t'aime, Youssef… » prononcé tout à l'heure. Joséphine tourne son visage vers les garçons, scrutant leurs réactions face à cette nouvelle technologie. Rachid s'exclame : « La chance ! » Les yeux de Youssef sont baissés sur son portable : « Il est déjà 3 heures, et j'ai un rendez-vous dans une heure. On peut parler du sujet ? »

Khalil tente de saisir un verre d'eau sur la table, le renverse. Le bruit du verre se brisant sur le sol l'a fait sursauter comme l'aurait fait le tonnerre. Ça a été très rapide. Il a l'impression qu'il est tombé tout seul. Il se lève pour aller chercher une serpillière, mais Joséphine l'arrête : « Laisse tomber, c'est rien. » Elle ramène une mèche de cheveux rebelles derrière son oreille : « On est là pour organiser une grande manifestation à

Homs mêlant sunnites et alaouites[1]. Dans la capitale, le régime a déjà incarcéré de très nombreux militants. Ce qui n'est pas encore le cas dans la ville de ce garçon que je vous présente. » Elle désigne Youssef : « La situation y est très différente ; il n'y a plus de services de renseignement dans la vieille ville. Les habitants sont parvenus à les en chasser. »

Rachid frappe sur la table : « Bravo ! Vous n'imaginez même pas à quel point je rêve de vivre là-bas ! On peut se balader, on peut dire tout ce qu'on veut à voix haute, sans avoir peur d'être arrêté par la police, c'est le paradis ! C'est la vraie révolution, c'est... » Youssef le coupe : « Pas tout à fait. Pour se venger, le régime a installé des check points et de nombreux snipers dans les quartiers alaouites qui prennent pour cible les civils sunnites. La haine est partout, elle ne fait que grandir. Certains ont même pris les armes.

— C'est très bien, il faut que les armes protègent les manifestations. On est pacifiques, oui, mais on a besoin d'une force de dissuasion pour faire peur à ces bouchers ! Ces criminels ont tout : des canons, des avions de guerre, mais ils sont lâches. L'autre jour, un petit garçon a crié pas loin d'un check point : "Les rebelles sont

1. L'alaouisme est l'une des nombreuses branches de l'islam. Ses fidèles croient qu'Ali, un des compagnons de Mohammad, est une incarnation de la divinité. Ils sont adeptes de la métempsycose : la réincarnation de l'âme. Les sunnites représentent 77 % des musulmans en Syrie. Ils suivent le texte coranique à la lettre.

arrivés !” Les soldats se sont enfuis comme des lapins », répond Khalil.

Youssef, songeur, caresse les pétales rouges des fleurs posées sur la table. « Si tout le monde prend une kalachnikov, on va tout droit à la guerre civile ! » Khalil réplique : « La solution, c'est que les soldats désertent et créent une nouvelle armée en soutien à la révolution. » Ses lèvres se serrent, la tension et l'énervement se lisent dans ses yeux. « Fume, mon chéri, tout va bien se passer », lui propose Rachid. Son camarade de lutte ne répond pas, il éprouve un sentiment bizarre à l'égard de Youssef, installé devant lui, comme une statue, plein de confiance. Il sait ce qu'il veut, mais il est si sombre. Peut-être que le problème n'est pas ce nouvel arrivant, peut-être est-ce simplement qu'il ne se sent pas bien aujourd'hui. Sans un mot, Khalil sort sur le balcon, contournant les débris de verre au sol. Rien n'est clair dans sa tête. Il voit régulièrement dans son sommeil des images de villes englouties par une mer de sable. À cet instant, il imagine que c'est en train d'arriver, précis, tranchant comme une vérité.

Chapitre 7

Le 15 mars 2011, Mohammad était dans son magasin, Liberté. Sans réfléchir, il a fermé les fenêtres, éteint la lumière et s'est caché dans la cabine d'essayage pendant une heure. Les jours qui ont suivi, il s'est demandé : où allait la Syrie ? Le régime allait-il tomber ? Et la révolution serait-elle étouffée ? Personne n'avait de réponse à ces questions. Ainsi, comme beaucoup de monde, il attend de voir ce que réserve l'avenir. Mais aujourd'hui, c'est un jeune homme qu'il attend, plein de désir, d'hésitation et d'angoisse.

Il est dans la nouvelle ville, pas loin du palais de justice, où les manifestants sont conduits pour quelques heures avant d'être emmenés dans une prison. Ce bâtiment lui fait peur, mais Mohammad aime les deux palmiers à son entrée, ils sont très grands, plus hauts même que le palais de justice. Soudain, trois prisonniers sortent de l'édifice, vêtus de la tenue des bagnards, blanche rayée de noir, leurs pieds et leurs mains entravés par de lourdes chaînes. Les hommes du service de renseignement les frappent avec des bâtons. Mohammad détourne la tête. La violence est omniprésente autour de lui. Il est épuisé, il n'a plus envie d'attendre, l'heure de son rendez-vous est d'ailleurs passée de dix minutes. Il est possible que la police surveille le site internet Habibati sur lequel il a contacté ce garçon. Il réfléchit à ce mot, *habibati,* « ma bien-aimée », le site de rencontres entre homos le plus connu, et se demande qui l'a appelé ainsi.

Youssef surgit, se dirigeant vers Mohammad et lui faisant signe de le suivre. Mohammad est inquiet, il tremble. Sa frayeur se dissipe peu à peu alors qu'il se rapproche de Youssef. Il se dit : « C'est un garçon ! Un garçon. Pas une fille. Qui va se douter qu'on est là pour un cinq à sept ? On peut imaginer que nous sommes amis, rien de plus. » Les rues sont encombrées par une foule de badauds. Le vendeur de vêtements est partagé entre la crainte et l'excitation. Il ne connaît pas ce garçon. Et si c'était un indic ? Qui sait ?

À la terrasse du café Naufara, derrière la mosquée des Omeyyades, c'est un autre monde, celui de la vieille ville. Le calme règne partout, comme lors de la prière. Dans certaines ruelles, les feuilles des arbres forment des arches ombragées et des fleurs semblent sortir des vieux murs. Impossible de les remarquer pour celui qui ne marche pas tranquillement, et n'a pas d'yeux pour la beauté.

Youssef sourit, le visage levé vers le ciel, comme si c'était là qu'il voyait le visage de Mohammad. Cette atmosphère joyeuse leur donne envie de faire l'amour. Les deux garçons se mettent alors en chemin vers le refuge qu'ils seront l'un pour l'autre.

Chapitre 8

La maison de Mohammad se trouve au cœur du quartier populaire de Jaramana dans la banlieue sud-est de la vieille ville.

« Ici, les habitants viennent de toutes les régions de Syrie. Tout le monde sait tout sur tout le monde : ta profession, le nom de chaque membre de ta famille, l'endroit d'où tu viens... Ils sont très forts dans l'art du renseignement... » Dans l'entrée principale du bâtiment, Mohammad se sent plus en sécurité. Pour les voisins, Youssef et lui ne sont que de simples amis.

« Voici mon palace de deux pièces. Je vis ici depuis un an », dit-il en s'installant à côté de son invité. Les deux jeunes hommes parlent de tout, sauf de ce qui les a menés ici. Youssef le regarde avec confiance et sérénité, et cela le trouble. Il se sent indécis et craintif. Il n'a pas fait l'amour avec un homme depuis longtemps. Sa dernière rencontre avait été très brève. Il avait contacté un garçon sur Internet et le rendez-vous avait été fixé au cinéma Byblos. Au guichet, ils avaient acheté deux places dans une petite loge, sur une banquette sans accoudoir. Le film n'avait pas intéressé Mohammad, mais une scène de nu l'avait tout de même bouleversé : il s'était alors imaginé que l'héroïne le caressait pendant que lui-même embrassait le dos du héros. Il s'était rapproché de son voisin et lui avait touché la cuisse, puis il lui avait effleuré le sexe doucement de ses doigts. L'inconnu lui avait alors pris le sien. Ils étaient au fond de la salle. Tout s'était passé très rapidement. Ils ne s'étaient jamais revus. Depuis cette histoire, Mohammad n'a été séduit par personne.

Avec Youssef, c'est différent. Il est submergé par le désir sans savoir comment s'y prendre.

Youssef voit bien que Mohammad est haletant et qu'il n'ose aller plus loin. Il prend son temps. Leurs souffles se croisent, Mohammad parle de tout et de rien : « Ici, on peut trouver une chambre pas trop chère. Pour le même espace, il faut payer trois fois ce prix dans le centre-ville. » Youssef l'écoute, le menton posé dans la paume de sa main :

« Et l'espace est suffisant pour qu'on soit tranquille ?

— Je peux vivre dans une petite pièce.

— Moi aussi, mais il faut qu'elle soit très lumineuse.

— Oui… On peut aussi trouver des appartements très lumineux ici.

— Et toi, tu aimes quoi ? »

Un long silence s'installe. Le cœur de Mohammad bat la chamade, cela se voit aux veines gonflées de son cou. Mais rien n'altère son doux visage, ses yeux pleins d'enfance et de tristesse qui se ferment alors qu'il murmure : « Embrasse-moi. » Youssef commence par ses lèvres, celle du bas, puis celle du haut. Il le déshabille, enlève ses propres vêtements. Il l'attire vers le lit, enfouit sa tête dans sa poitrine. Il voudrait disparaître pour mieux renaître. Il veut couvrir de baisers la plus petite parcelle de ce corps qui lui est offert. « Je te veux », dit-il en se couchant sur le dos.

Mohammad sort une minuscule bouteille d'huile. Il entre en Youssef doucement et s'allonge sur son corps. Deux vagues de désir s'unissent sur le matelas. Le parfum de Mohammad réveille pour Youssef un vieux souvenir, du temps où il vivait encore avec ses deux sœurs et sa mère. Le matin, il sortait dans le jardin et dessinait sur une ardoise une maison en briques, une rivière et un champ de blé. Il se disait que plus tard, quand il serait grand, ce dessin deviendrait réalité. Sa mère sortait alors étendre la lessive ; l'odeur de propre se mêlait à celle de l'eucalyptus. Youssef ne voyait plus que ses jambes nues derrière le linge. Elle secouait énergiquement chaque vêtement avant de le suspendre et des gouttes d'eau tombaient sur son dessin. « Il pleut sur ma maison ! » criait-il. Sa mère riait et le ramenait à l'intérieur pour qu'il prenne son petit déjeuner. À cette époque, son univers n'avait pas de limites.

« Youssssef… » Mohammad prononce bizarrement son nom : les « s » sont comme un gazouillis d'oiseau. Détendu, il s'assied à côté de lui ;

des larmes de joie coulent le long de ses joues. Son portable sonne, c'est un chant de louanges à Bachar Al-Assad qui retentit. Les traits du visage de Youssef se crispent. Mohammad lui tend un verre de jus de fruits, se lève et ouvre la fenêtre sans tirer le rideau. « Quel est le plus important pour les chiites[1] ? »

Youssef répond d'une voix hésitante : « Que veux-tu dire ?

— Le secret ! Les chiites dissimulent leurs croyances quand ils sont en milieu hostile. Je suis comme eux. La plupart des clients qui viennent à ma boutique soutiennent le régime. »

Il caresse les poils du torse de Youssef : « Mon père a été arrêté dans les années 1980. Il a été dénoncé aux services de renseignement et accusé d'être membre des Frères musulmans alors qu'il n'avait rien à voir avec eux. On n'a jamais su qui avait fait cela. Il est sorti détruit de ses dix années de taule. Ma mère est morte peu de temps après qu'il est revenu parmi nous. C'est un homme très fatigué désormais, je suis prêt à tout pour lui éviter plus de peine. Je me suis même fiancé pour lui faire plaisir. Elle s'appelle Sarah. Elle est charmante avec ses yeux intenses et sa taille très mince, comme j'aime. Ses mains bougent sans arrêt quand elle parle, je trouve ça mignon. Sexuellement, elle me plaît de moins en moins. Mais quand je vois le sourire de mon

1. Les chiites sont un rameau de l'islam. Ils croient que la famille de Mahomet aurait dû hériter du califat après lui. Ils sont majoritaires en Irak et en Iran, et très peu nombreux en Syrie.

père, j'oublie mon attirance profonde, je fais taire mon désir. Il pense que je vais me marier et lui donner des petits-enfants. »

Youssef rit en haussant les épaules : « On dirait que c'est lui qui va se marier et pas toi. Il sait que tu couches avec des garçons ?

— Tu rigoles ! Il me renierait s'il était au courant. Tout ce qu'il sait, c'est que j'ai loué cet appart dans la perspective de mon mariage.

— Et en attendant, on fait l'amour sur ce lit destiné à abriter tes ébats conjugaux !

— Oui... Pour être honnête, tu n'es pas le premier... Plusieurs personnes sont déjà venues ici. Des filles comme des garçons... Ce qui me plairait vraiment, ce serait d'avoir dans mon lit un homme et une femme ensemble... »

Youssef commence à se rhabiller, ce jeune homme perdu le stresse et l'émeut en même temps. « J'aimerais bien participer à ton plan à trois, mais je ne touche pas aux filles. »

Chapitre 9

À la gare routière, Youssef prend la main de Mohammad dans la sienne, mais ce dernier se dégage :

« T'es fou ?! Tu as envie d'être mis en taule ? Moi pas.

— La police est trop occupée à réprimer les manifs. Ils n'ont pas de temps à nous consacrer. »

Les bus sont pour la plupart petits, anciens et en mauvais état. En plus d'être beaucoup moins chers que les grands, il est inutile de réserver. Des hommes crient : « Homs ! Alep ! Deraa ! Venez, on part tout de suite ! » poursuivant les voyageurs et leur demandant où ils se rendent. Pour chaque client qu'il lui apporte, chacun reçoit une petite somme d'argent du chauffeur. Mohammad déteste cette agitation, il a envie de fuir. La gare est grande, mais pas assez pour la foule qui s'y trouve. Tandis que Youssef achète son billet, Mohammad détaille son corps, fin et élégant. Sa chemise bleue et blanche se marie bien avec son pantalon rouge. Il a l'impression de le connaître depuis longtemps ou, au moins, de l'avoir déjà croisé quelque part.

Les deux hommes se dirigent vers la file d'attente, Mohammad a beaucoup de choses à dire, mais il n'arrive pas à parler. « J'ai peur de ce que l'avenir réserve. Ce qu'on fait n'est pas bien, on ira en enfer. Je ne suis pas pratiquant, mais je crois tout de même en Dieu », il dit cela comme si quelqu'un d'autre parlait à sa place.

Sans le regarder ni se tourner, Youssef lui rétorque : « On ne fait de mal à personne !

— Je le sais. Mais le prophète a dit : "Si vous voyez deux hommes ensemble, tuez-les !"

— Il était peut-être jaloux de nous. De toute façon, la religion, c'est n'importe quoi. L'homosexualité existe depuis toujours, tu sais. Plusieurs califes étaient homos.

— Oui, Yazid ibn Mouaawiya, et Al-Walid Ibn Abd Al-Malik. Des intellectuels aussi et même des poètes : Abou Nouasse, Ibn Al-Roumi et Abou Firas Al-Hamadani. Mais mon problème n'est pas là. Moi, je sais pas si je suis homo ou pas.

— Rien n'est immuable, tout bouge. Nul ne sait ce que tu deviendras. On change chaque minute, chaque seconde. Et si un jour tu arrêtes de faire l'amour avec des hommes, si c'est toi qui choisis d'être loin de tous les tabous, ce sera quelque chose de respectable. »

Youssef pose son bagage devant lui et poursuit : « Sois comme le nuage, personne ne peut décider à sa place où et quand il va pleuvoir. Tu te souviens quand, à l'adolescence, les grands nous mettaient en garde contre la masturbation ? Ils nous disaient que si on le faisait, on attraperait des maladies graves : la tuberculose ou un cancer de la peau, et aussi qu'on serait impuissants. En grandissant, on a découvert que c'était des conneries ! Nos parents ont été éduqués avec l'interdit, ils sont ridicules. Ils n'ont pas vraiment vécu leur vie. Mais il faut qu'ils nous laissent vivre la nôtre. »

Ces paroles redonnent confiance à Mohammad, et éloignent ses soucis comme l'orage chasse l'écume sur la mer. Il n'aime pas les adieux et ne veut pas s'attarder. Sans un mot, un accord se noue entre eux : on va poursuivre cette histoire, entretenir cette complicité. Peu importe ce qui nous arrivera.

Chapitre 10

Mohammad s'installe devant son ordinateur et ouvre directement le programme VPN qui lui permet de ne pas être identifié et de rester hors d'atteinte des services de renseignement.

Il se souvient de sa première conversation avec Youssef sur le site de rencontres Habibati.

Mohammad avait entré son pseudo, « Le Doux », et son âge, 25 ans. Une dizaine d'internautes étaient présents : Le Drogué, Le Sexy, Le Chef, Le Maso, etc. Seul Youssef avait un vrai prénom. Mohammad lui avait adressé un message privé et avait attendu un long moment une réponse qui ne venait pas. Un bip l'avait arrêté alors qu'il allait se lever pour se faire un café :

« Tu cherches quoi ?

— Une rencontre, et toi ?

— À faire connaissance. Et peut-être aller plus loin. Tu es où ?

— À Damas.

— J'y serai dans quelques jours.

— Laisse-moi d'abord te voir. »

Sur la photo que Youssef lui avait envoyée, il était clair de peau, avec une petite barbe et des yeux marron très expressifs. À son tour, Mohammad avait posté un cliché pris par Sarah quand ils s'étaient rencontrés pour la première fois à l'université de Damas, présentés par des amis communs. La jeune femme avait pris une série de selfies avec leurs camarades et, finalement, avait demandé à Mohammad de s'asseoir sur un banc en regardant en direction du soleil. Elle avait capturé cet instant sans remarquer que derrière lui, sur un mur, une phrase calligraphiée proclamait : « Tu es notre président pour toujours, Bachar. On t'aime. »

Il s'allonge dans le noir, et essaie de dormir sans penser à ce qui s'est passé dans la journée. Demain, il voit Sarah. Mohammad met son oreiller sur son visage. Quand son père était en prison, il le faisait quand il avait envie de pleurer afin que sa mère ne l'entende pas. Il continue aujourd'hui, non plus pour cacher ses larmes, mais pour se protéger d'un monde qu'il trouve injuste.

Chapitre 11

Tous les soirs, le gouvernement coupe l'électricité de la vieille ville de Homs. Ç'a commencé quand les gens sont allés manifester, pour que les habitants ne sortent plus. Mais au contraire, les habitants n'ayant plus rien à faire chez eux se rassemblent toujours plus nombreux. Ceux qui sont proches de quartiers prorégime ont, quant à eux, discrètement tiré des câbles pour profiter de l'électricité librement.

Youssef et Bilal, un autre militant de Qalb, préparent un petit dîner avec omelette, fromage et olives. Ils sont au Centre ; c'est ainsi qu'a été baptisé ce rez-de-chaussée. Ce nom circule dans le quartier de Al-Khaldiya, surtout quand quelqu'un est blessé. Le Centre est composé de deux appartements : le premier sert d'hôpital de fortune avec un seul lit et un appareil de radiographie. Il remplace ici l'hôpital gouvernemental qui est situé de l'autre côté de la ville. Youssef y passe beaucoup de temps afin de filmer les victimes. Dans le second appartement, deux pièces permettent d'organiser des réunions, de préparer des reportages et de se reposer.

Youssef et Bilal mangent assis par terre, la chambre est éclairée à la bougie, des photos de leurs camarades tués ou arrêtés sont collées sur les murs. On lit aussi le mot LIBERTÉ, calligraphié en bleu et rouge.

Bilal ne parle pas. Le jeune homme est petit et très vif. Un jour, alors qu'il regardait les manifestations en Tunisie à la télé avec sa famille, une nouvelle expression l'avait fasciné : le Printemps arabe. Il avait alors fermé le magasin de réparation de vélos qu'il tenait et avait suivi l'appel de la révolution, ou des rebelles, ou de la démocratie, ou... peu importe. Tout ce que Bilal savait, c'était que les manifestations étaient au cœur de son existence. Depuis, il passait son temps à réfléchir à la façon dont le régime devait se terminer. Ses proches l'avaient mis en garde de ne pas participer au mouvement : « Cela ne mènera à rien. Tu vas mourir. Et puis, tu n'as aucune expérience politique. » Mais Bilal n'écoutait rien.

Il interroge Youssef pour savoir s'il est certain que leurs camarades de Damas viendront. Celui-ci lui répond que rien n'est sûr compte tenu de la situation. Il ouvre Google Earth et indique à Bilal les rues par lesquelles les manifestants prévoient d'entrer dans Al-Khaldiya. Les deux têtes se sont rapprochées, presque collées. Bilal, excité, fixe la carte des yeux quand soudain l'écran tremble, et le bruit d'une très forte explosion ébranle le quartier.

Chapitre 12

Mohammad pénètre dans le restaurant Chez Nous dans le centre-ville et va s'installer à la table du fond afin d'être le plus éloigné possible des clients au bar qui parlent fort en trinquant. Il est stressé par son rendez-vous avec Sarah, c'est comme ça depuis quelques mois. Ils ne se voient plus sans se disputer. Cette fois, il a décidé d'être courageux et franc : il va lui dire qu'il ne peut plus continuer avec elle.

Quand Sarah arrive et s'assied en face de lui, un lourd silence suit. Elle fait tourner lentement une cuillère dans sa tasse. Elle remet en place son voile, ouvre la bouche, puis la referme.

« J'ai de bonnes nouvelles. Mes amis de la faculté de droit qui participent à la révolution sont de plus en plus nombreux. » Mohammad ne l'écoute pas vraiment. Les moments passés avec Youssef lui reviennent en mémoire. Il sent encore ses lèvres sur son torse, ses doigts autour de sa taille et même l'odeur de sa peau. Il a peur que Sarah ne le remarque, qu'elle ne devine cet homme.

« À quoi penses-tu ?

— À nous.

— Je t'ai téléphoné hier, tu n'as pas répondu.

— J'étais au magasin.

— À 22 heures ?

— Parfois je reste tard pour faire les comptes. »

Elle sait qu'il lui ment. Aucun des deux ne veut poursuivre la discussion. Pour Sarah, le plus important est de préserver leur relation : tout le monde autour d'elle sait qu'ils sont ensemble. Pour Mohammad, elle est la preuve qu'il est encore quelqu'un de normal. « Tu vas rester gris encore longtemps ? » Indépendamment de ce qu'elle signifie aujourd'hui – ni pour ni contre le régime –, cette couleur est sa préférée.

« Je t'ai dit mille fois que je n'ai rien à voir avec vos manifs. Toi, tu es libre de faire ce que tu veux.

— Libre ? Si ma famille savait ce que je fais, ils me tueraient. Mon père le ferait, c'est sûr. Il m'a menacée plusieurs fois : "Si tu participes à cette connerie, je t'égorgerai d'une oreille à l'autre comme un mouton." Je me souviens très bien de ce qu'il faisait aux moutons. Il tirait l'animal jusqu'à la rigole malgré sa résistance. Le couteau dans la main, mon père répétait "*Allah Akbar*", et lui tranchait le cou. »

Elle ferme les yeux en imaginant la scène, des larmes roulent sur ses joues. Mohammad les essuie de ses doigts.

« Alors, pourquoi tu manifestes ?

— Tu veux que je t'explique à nouveau ?

— Non, je sais tout ça par cœur. Tu crois à la liberté, à la démocratie et aux kebabs.

— Ne te moque pas.

— Crois-moi. Nous sommes un peuple qui a peur du changement. Comment pouvons-nous gagner contre ce régime ? Et en plus...

— Ce régime fasciste est très puissant, il va nous massacrer... Je connais la leçon !

— Je suis inquiet pour toi et pour tes proches. Mais ce n'est pas de cela dont je veux te parler. Je pense à notre avenir...

— Je t'écoute.

— Laisse tomber.

— Non, ne fuis pas. Ça me rend folle.

— Je me demande où on va. Tu es engagée à fond dans la révolution alors que je m'en fiche.

— Mais ça ne change rien. On n'est pas obligés d'être semblables pour s'aimer.

— C'est vrai. Mais j'ai une vie difficile en ce moment. Je ne sais pas... comment dire ? Je ne sais pas exactement comment on va continuer ensemble dans la même harmonie et le même équilibre. Je trouve que tu changes, moi aussi je change...

— Je ne comprends rien. Tu veux dire quoi ?

— On ne se connaît pas vraiment, on s'est fiancés si vite. Mon père et moi avons rendu visite au tien, et hop, une semaine après, on a échangé les bagues.

— Tu as des regrets ? »

Mohammad pense à cette soirée, à Sarah, avec laquelle il avait ri à défaut de parler tant il était gêné. C'était bien la même fille qui était maintenant devant lui ; celle qui avait attiré son attention au bon moment, quand il était perdu. Elle était le socle qui lui permettrait de se construire, le pays qui le protégerait de la solitude. C'était le même visage, le même regard et la même passion qu'avant qu'il ne soit convaincu que les garçons occuperaient dans sa vie une place importante. Depuis cette prise de conscience, ses sentiments à son égard s'étaient dissipés, comme un nuage en été.

« Non, non, pas du tout ! Tu es tendre, adorable, fidèle. Je me sens bien quand je suis avec toi. Mais il faut penser dès maintenant à ce qu'on fera quand ces événements se seront calmés.

— Mais on va se marier ?

— Oui, bien sûr, mais le calme ne va pas revenir de sitôt. »

Chapitre 13

La lecture et le sexe, voilà ce qui sauve Mohammad et l'empêche de sombrer dans la dépression. Chez ses parents, il y avait une grande bibliothèque remplie de livres sur la religion et l'histoire, deux thèmes qui l'intéressaient. À l'âge de 7 ans, il escaladait déjà les étagères, attrapait *Les Mille et Une Nuits*, prenait les lunettes de son père et faisait comme il l'avait vu faire : il lisait en adoptant un air très sérieux – il ne comprenait rien, mais se sentait bien. Quand sa mère le surprenait ainsi, elle se fâchait. La bibliothèque et les lunettes de son père étaient sacrées. Personne, sans exception, n'avait le droit de toucher aux objets les plus chers de son mari absent.

À l'école, les autres enfants évitaient Mohammad. Pour eux, il était le fils du traître. Le petit garçon échappait à la solitude grâce aux livres, ses seuls amis.

À l'université, Mohammad s'était passionné pour les histoires sur l'homosexualité à l'époque abbasside, au VIIIe siècle. Il adorait la façon dont cette langue très poétique décrivait les corps de ces hommes et leurs jeux de séduction. Au fil de ses lectures, il s'imaginait se balader dans les fermes autour de Damas, rencontrer un garçon et lui faire l'amour dans la nature. Il avait l'impression de vivre avec ces gens simples, heureux, riches, parfois plus libres qu'il ne l'est aujourd'hui.

Une histoire avait particulièrement plu à Mohammad : celle du calife abbasside Al-Wathiq au IXe siècle et de son amant Mouhaj. Comme beaucoup, ce dernier travaillait au palais mais, contrairement aux autres, il était le favori du prince. Ainsi, quiconque souhaitait transmettre une supplique au maître des lieux devait passer par lui. Chaque nuit, Mouhaj couvrait le corps de son amant de parfum, l'étreignait et l'embrassait avant de se laisser pénétrer. Il le laissait libre de satisfaire le moindre de ses désirs. Il savait comment exciter le calife et le rendre fou de bonheur. Une fois son maître apaisé, il posait une main sur sa poitrine et toutes ses demandes étaient exaucées. Un matin cependant, ils se disputèrent, sans que personne ne sût pourquoi. Les conséquences furent immédiates : Wathiq, désespéré, ne s'occupait plus de son empire. Mouhaj en voulait au calife. Les ministres parvinrent à le raisonner et la vie de tous les musulmans du royaume redevint normale après cette brouille passagère.

Mohammad relit ce texte qu'il connaît par cœur. C'est la fin de la journée, il se sent vide, il voudrait vivre une histoire comme celle-ci. En fermant le magasin, il décide de se rendre à Sebki, son jardin préféré.

Chapitre 14

De : Youssef <youssefcadi@gmail.com>
Envoyé : 7 octobre 2011
À : Mohammad <mohammadamir@gmail.com>
Objet : À la suite de notre première rencontre

Je ne sais plus si je t'ai connu à travers Damas ou si tu me l'as fait découvrir. J'ai beaucoup d'amis dans cette ville, mais je ne l'ai jamais autant aimée que dans tes bras.

Le soir de mon retour à Homs, quelqu'un a jeté une bombe dans le quartier Al-Adawiya où cohabitent des pros et des antirégimes. Heureusement, personne n'a été blessé, et seule une boutique a été incendiée. De toute façon, on est habitué au bruit des explosions. La nuit, les partisans du pouvoir ouvrent le feu en direction des blocs d'immeubles où vivent leurs opposants. En face, les autres répliquent et les échanges de tirs se poursuivent ainsi jusqu'à l'aube. Avec le lever du soleil, les gens se calment, sortent de leurs maisons et s'invitent à prendre le thé sur les trottoirs. Ensemble, ils insultent aussi bien le gouvernement que son opposition. Une complicité s'installe derrière ce rythme : amis le jour, ennemis la nuit.

Ce n'est pas cela qui m'inquiète, mais plutôt les visages récemment apparus dans la vieille ville, ceux de gens violents qui rasent leur moustache et gardent leur barbe. Certains sortent directement des geôles du régime qui les a libérés pour signifier au monde que la révolution est islamiste. Ils sont payés par la Turquie et l'Arabie Saoudite pour brandir des drapeaux noirs avec écrit en blanc dessus : « Il n'est d'autre dieu qu'Allah. »

L'opposition en exil ne fait rien. Lors de la création du Conseil national syrien, je me suis renseigné sur ses membres, la plupart sont des Frères musulmans qui ne désirent aucun changement depuis la revivification de l'islam politique dans les années 1920. Tout ce qui les intéresse, c'est d'arriver au pouvoir. Ce serait alors pour eux l'occasion de fonder un État islamique. Des slogans d'apparence démocratique sont diffusés pour les aider à parvenir à leurs fins, mais on n'est pas assez bêtes pour y croire.

Au milieu de toute cette tristesse, tu m'apparais comme un météore dans une galaxie noire. Je sais que toi aussi tu penses à moi. Ce matin, j'ai vu un arbre en fleurs devant chez moi. Je ne l'avais encore jamais remarqué.

Chapitre 15

Pas loin de Bab Charki, Khalil contemple les grappes de tomates bien ordonnées sur l'étal d'un magasin. Elles viennent du sud de sa ville, Deraa. Au début de la révolution, les soldats du régime se moquaient des gens qui se révoltaient dans cette province : « Vous ne connaissez de la vie que la culture des tomates, et vous demandez la liberté ! »

Dans son enfance, Khalil accompagnait ses parents à la ferme, ils y restaient toute la journée à cueillir des tomates avec les gens du village. Accablées par la chaleur, les joues de l'enfant devenaient rouges. Ses parents lui disaient d'aller se reposer à l'ombre, mais Khalil refusait pour leur montrer qu'il n'était plus petit, qu'il était même devenu plus fort qu'eux.

Depuis, lorsqu'il est loin de sa famille, chaque fois qu'il voit une tomate, un goût amer emplit sa bouche.

Bab Charki est son quartier préféré de Damas. Les chrétiens et les musulmans vivent ensemble depuis toujours et se partagent la beauté de ces lieux ornés de lanternes en fer forgé. Avant le coucher du soleil, la circulation des voitures s'apaise, l'air semble plus pur et les passants affichent un air plus serein.

Il devait retrouver Joséphine cet après-midi, mais elle avait annulé leur rendez-vous d'un : « Je suis très occupée », ce qui avait énormément chagriné Khalil. Aujourd'hui, il n'aurait pas la chance de partager l'univers chaleureux de cette fille, qui le sécurise. Le jeune homme a déambulé pendant deux heures jusqu'à en avoir mal aux pieds. Puis il a reçu un autre message : « Rachid arrête ses études, il faut que tu le voies. Insiste pour qu'il change d'avis, il t'écoute plus que les autres. » Il a téléphoné à Rachid pour lui donner rendez-vous à 19 heures. Mais il est déjà 19 h 30 quand Khalil s'installe sur un banc et essaye de s'occuper avec son téléphone portable. Il jette un coup d'œil à Facebook puis passe sur Twitter. Son ami ne répond toujours pas.

Lorsque Rachid arrive enfin, il a dans les mains deux bouteilles de bière. Il a la démarche d'un chat qui a dérobé le repas de son maître. « Je te jure, sur ma mère et sur ma sœur, c'est à cause de la circulation que j'suis en retard ! »

Un être humain généreux aux yeux remplis d'un amour éternel, c'est ce que devient Rachid quand il boit. Il tend à son ami une bouteille, mais Khalil la refuse et se lève. Il commence à marcher en regardant ses pieds. Rachid sautille à ses côtés d'une pierre noire à l'autre pour éviter les blanches.

« Rachid, on m'a dit que tu as quitté l'université, c'est vrai ?

— Oui. La police à l'entrée me fait peur. Elle fouille tout le monde. En plus, un bureau des services de renseignement vient de s'installer dans les locaux. Chaque jour, des étudiants sont arrêtés.

— C'est pas une raison ! Tu as un avenir magnifique qui t'attend : médecin. Ne le gâche pas ! »

L'alcoolique, comme ses amis le surnomment, appuie son épaule contre une petite porte en bois. « J'ai horreur du mot "prison", il me suffit de l'entendre pour penser que la fin du monde est proche, tu comprends ? Je ne suis ni un héros ni courageux, la seule raison pour laquelle je participe à la révolution, c'est pour le bonheur que j'y trouve. Quand je suis dans une manifestation, j'ai l'impression qu'il y a encore de la beauté sur cette planète, et quand je crie : "Liberté !", je deviens comme ivre ! Je te jure ! Comme si j'avais bu dix shots de whisky ! »

Le jeune homme a prononcé « Liberté » d'une voix forte, au moment où ils entendent un bruit provenant du magasin d'à côté. Khalil saisit le bras de son ami : « Arrête, tu vas faire un scandale. » Mais Rachid continue sur le même ton : « Il faut qu'on soit heureux, mon ami. C'est une bonne façon de rester en vie et d'emmerder cette salope qu'on appelle la mort. Je ne comprends pas pourquoi tu es toujours si triste. À te voir, on dirait que tu portes tous les malheurs du monde sur tes épaules. Tu ne bois pas, tu ne fumes pas et je pense que tu ne baises pas non plus.

— Ta gueule !

— Merci, moi aussi je t'aime. Mais je t'assure que je comprends ce qu'il t'arrive. Tu es amoureux.

— L'alcool te rend philosophe… »

Rachid a déjà bu les deux bouteilles lorsqu'ils s'approchent d'une église. « C'est vrai que je bois souvent, mais je sens les choses et je comprends ceux que j'aime. Oui, je vous comprends tous : toi, Joséphine et Youssef. Je comprends même les pierres ! » Il ramasse une pierre près de lui et l'embrasse. « Elle est très ancienne et fatiguée. Elle est mélancolique. Je pense qu'elle se languit d'un oiseau qui a migré au loin. »

Il avance vers le trottoir, il trébuche, tombe. Khalil lui tend la main pour l'aider à se relever, mais Rachid se débrouille tout seul. « J'ai fait du mal à la terre, il faut marcher délicatement sur elle. C'est notre mère, et nous sommes ses enfants perdus. »

Chapitre 16

Au check point, ils ne fouillent pas Joséphine, pas seulement parce que sa carte d'identité indique qu'elle est née dans une ville côtière alaouite connue pour son soutien au régime, mais aussi grâce à l'anneau qu'elle a au nez, à son sourire éclatant, à ses cheveux bien coiffés et à son bonnet noir qui la rendent très jolie. Même quand Joséphine ne sourit pas, elle rayonne ; personne ne pourrait imaginer qu'elle organise des manifestations dans le dos des autorités. Elle en a conscience et elle en joue. Elle est même persuadée que quiconque mettrait en œuvre une telle énergie positive ne pourrait que réussir et traverser le danger sans dommage.

Le militaire jette un coup d'œil à la voiture, demande à Joséphine d'où elle vient et où elle se rend. « Je suis étudiante, je vais à l'université de Homs », répond-elle toujours. Le soldat se plaint alors des difficultés de son travail : « Ça fait trois mois que je suis ici et je n'ai pas eu de week-end, aucun repos. J'accumule toute cette fatigue pour que ces chiens manifestent. On en a tous marre. Même la solde a beaucoup baissé, l'État n'a plus d'argent. » Tandis qu'il parle, sa kalashnikov glisse de son épaule. Joséphine a envie de lui crier de se révolter et de tourner cette arme contre les vrais oppresseurs, mais elle se contente d'un regard.

« Tu as l'air crevé, murmure-t-elle à Youssef en entrant dans le Centre.

— Je travaille beaucoup en ce moment, mais c'est pas cela qui m'épuise. La semaine dernière, un jeune de 14 ans a été tué. Le régime a envoyé un groupe de mercenaires dans le quartier alaouite. Massacrer des civils, ça les amuse.

— Que pouvons-nous faire ?

— Je vais commencer par me faire un café. Tu en veux un ?

— Oui, merci. »

Joséphine allume une cigarette.

« Tu trouveras dans ma valise de la nourriture et tous les médicaments dont vous avez besoin. »

Elle enlève son manteau.

« Tu dois te reposer, Youssef. Le corps humain est comme une machine, plus tu lui donnes d'énergie, plus il te rend service. »

Pour Youssef, la seule manière de se reposer serait de partir à Damas où se trouve Mohammad. Son odeur l'enveloppe encore.

Le café déborde de la cafetière.

« Qu'est-ce qui t'arrive ? Je vois bien que tu n'es pas là. »

Elle passe une main dans ses cheveux, pose l'autre sur sa taille en s'approchant de son oreille et lui murmure : « Tu penses à une femme, n'est-ce pas ? Dis-moi, je ne serai pas jalouse, promis. »

« Une femme », cela ne lui évoque que sa mère, ses sœurs, et Joséphine, qui est sa meilleure amie et avec qui il se sent libre de parler.

« Je suis comme Rimbaud.

— Je sais. »

Il la regarde, sans comprendre comment elle l'a su.

« Tu es le seul, parmi tous les mecs que je connais, qui ne m'a jamais draguée.

— Et ça te fait quoi ?

— Moi, j'adore Rimbaud. C'est un grand poète, j'aime sa radicalité. En plus, il est très beau.

— Tu sais bien de quoi je parle.

— Écoute, j'ai eu des relations avec des filles quand j'étais au lycée et, je te jure, la plupart des femmes que je connais en ont eu, elles aussi. Pour moi, il ne s'agissait que d'une expérience, mais d'autres ont poursuivi en cachette. Aujourd'hui je préfère les garçons, c'est comme ça. Je pense que ce n'est pas nous qui décidons.

— Oui, mais la société...

— Tu viens de me dire que tu es comme Rimbaud, à son époque, c'était la même chose pour lui. Regarde autour de toi, notre peuple vit en permanence dans la dissimulation. Chacun a des désirs qu'il garde pour lui et on nous dit qu'il n'y a qu'un seul mode de vie légitime : le mariage pour avoir des enfants, sans quoi tu es un pervers. Notre société est malade, regarde le nombre de filles qui ont subi une excision, c'est pas un crime, ça ? Comment vont-elles vivre leur sexualité ? Personne n'ose parler de ce sujet et tout le monde se déchaîne contre l'homosexualité. C'est n'importe quoi !

— C'est un long chemin à parcourir. Nous, lorsqu'on parle d'homosexualité, les gens crient en réponse : "*Allah Akbar !*" On se révolte pour la démocratie et certains réclament le califat.

— C'est leur problème, pas le nôtre.

— Et nous, on est quoi alors ?

— Des réprouvés. Les islamistes nous détestent car nous sommes laïques ; le régime parce qu'on est des rebelles et les politiques parce qu'on est sincères. Ils nous appellent traîtres, infidèles, hérétiques parce qu'ils ne savent pas encore ce que signifie être libre. »

Chapitre 17

Dans le jardin Sebki, Mohammad est assis et observe ce qui l'entoure. Il regarde trois garçons non loin de lui : l'un d'eux porte un pantalon très serré et un tee-shirt rouge, une chaîne pend de sa poche jusqu'à ses genoux, le deuxième a une petite barbe, le troisième est grand et musclé. Ils écoutent du rock sur l'un de leurs portables. Il aimerait aller vers eux mais n'en a pas le courage.

Un smiley suivi d'un cœur rouge lui sont envoyés par message Bluetooth. Il y répond d'un : « Je veux baiser cette nuit et j'ai une maison. » Il attend ensuite, mais son portable reste silencieux.

Mohammad est persuadé qu'ici il va rencontrer quelqu'un. Deux types sont derrière lui sur un banc. Il est 22 heures et les autres sont partis. Ici, au cœur de la ville, les gens n'emplissent plus les rues de leur conversation. Peu à peu, le froid s'installe à Damas et donne à Mohammad des envies de suicide.

Être en quelqu'un en ce moment le sortirait de sa tristesse. Il désire ardemment faire l'amour, cette envie sauvage s'est emparée de lui et ne le quitte plus.

Il s'imagine avec un garçon, dans le noir : il lui mord le cou, agrippe ses fesses de toutes ses forces, et griffe son dos avec ses ongles, l'autre crie de plaisir. Mohammad n'en a rien à faire que les voisins les entendent. Il atteint l'orgasme et ne perçoit plus rien de ce monde, seulement son sperme sur son partenaire dans l'obscurité.

Son sang brûle. La nature autour de lui accroît son envie de sexe. Il aimerait coucher avec un garçon derrière ces arbres qu'il aperçoit. Un policier passe lentement dans le jardin, tout à coup, Mohammad est sûr qu'il est là pour l'arrêter, peut-être même est-il suivi depuis des mois ? Sont-ils au courant de ses aventures sexuelles avec des hommes ? Mais le doute l'empêche de fuir, le policier n'est peut-être pas là pour lui. S'il se met à courir, l'homme risque d'avoir des soupçons. Le policier s'éloigne finalement.

Mohammad demande du feu aux deux garçons du banc derrière. L'un d'eux lui plaît, même s'il n'est pas vraiment beau, il fera l'affaire : brun, il porte autour du bras gauche un bracelet aux sept couleurs. Tandis que son compagnon s'en va acheter du Coca, Mohammad veut saisir sa chance et lui dire ce qu'il a en tête, mais l'autre prend l'initiative :

« J'habite à la Cité universitaire où j'étudie l'anglais. Je suis passif, et toi ?

— Actif.

— T'as une piaule ? »

Mohammad regarde autour de lui, il n'y croit pas, ses mains tremblent. Il respire difficilement :

« Oui, à Jaramana.

— On y va ?

— Et ton ami ?

— Oublie, il est parti pour nous laisser seuls. »

Chapitre 18

Adel est la personne la plus proche de Youssef à Al-Khaldeya ; avant la révolution, les deux n'étaient pas du tout amis. Le jeune homme est né ici, il n'a jamais fini ses études. Son travail de chauffeur de taxi lui permet de connaître tous les habitants du quartier par qui il est apprécié pour sa fidélité.

Bien que voisins, Adel et Youssef ne s'étaient jamais parlé. Chaque matin, quand il nettoyait son taxi devant sa maison, Adel regardait passer l'élégant étudiant à l'air prétentieux. De son côté, Youssef avait l'impression d'un homme grossier et violent ; il l'avait plusieurs fois entendu utiliser des mots vulgaires en buvant le thé avec ses amis.

Au début de la révolution, avant que les contestataires soient plus nombreux, Youssef filmait une manifestation et reconnut le visage d'Adel dans le champ de la caméra. C'était bien son voisin, le chauffeur de taxi. Il a hésité à le saluer, mais Adel est venu spontanément et lui a serré la main : « Bravo, ce que tu fais est magnifique.

— Mais tu es…

— Oui, je suis avec la révolution, ça t'étonne ? Tu penses que parce que je n'ai pas étudié à l'université, je devrais rester chez moi ?

— Non, non, au contraire. »

Au fil des rassemblements, les deux hommes qui se jaugeaient hier encore sont devenus camarades. Adel offrait à Youssef ses réseaux et Youssef apportait à Adel son talent d'orateur et sa capacité de persuasion.

Quand le frère d'Adel a été tué par un sniper lors d'une manifestation, ce dernier est resté plusieurs jours sous le choc, répétant sans cesse cette phrase désormais célèbre dans son quartier : « Entre nous et Assad, rien que du sang. » Youssef a été présent pour lui, lui a promis la vengeance, mais une vengeance juste : après le départ du régime, ils organiseraient un procès pour juger les responsables de ce bain de sang. Cette épreuve horrible a mis à jour la volonté d'Adel, plus puissante que les balles. Le lendemain de l'enterrement de son frère, il s'est réveillé et a repris son existence comme s'il ne s'était rien passé.

La femme d'Adel frappe à la porte, il se lève et va chercher le plateau qu'elle a préparé pour eux. Youssef n'aime pas cette précaution, il n'est pas venu ici pour lorgner son épouse. Mais il comprend. Il connaît bien cet homme qui a pourtant passé sa jeunesse en compagnie de prostituées et d'alcool, et pour qui tout a changé quand il s'est marié. Adel est devenu croyant.

Lorsque le chauffeur de taxi apprend par Youssef qu'il y aura des alaouites à la prochaine manifestation, il hésite.

« Et si c'étaient des espions du régime ? Comment peut-on leur faire confiance ? »

Youssef connaît bien les gens de la vieille ville, ils sont prêts à changer d'avis dès qu'on leur parle d'humanité. « Je m'en porte garant, fais-moi confiance, on a besoin d'eux pour faire tomber le régime. On ne peut rien faire seuls, il faut qu'on soit unis, forts. » Adel hoche la tête, il accepte sans ajouter un mot. Mais il refuse catégoriquement que les manifestants récoltent de l'argent pour les familles des victimes.

Par son éducation, Adel n'accepte l'aide de personne, il est habitué à donner, pas à quémander. Il ne veut pas non plus que les gens de son quartier reçoivent de l'argent de n'importe qui. Cela pourrait blesser leur dignité, surtout après avoir perdu leurs enfants. Mais Youssef sait le convaincre : « Ces dons proviennent des commerçants de Damas : c'est leur façon de montrer qu'ils nous soutiennent, comme ils ne peuvent pas participer à la révolution. »

Et comme toujours, Adel cède face à ce garçon sincère et déterminé, qu'il considère comme un petit frère : « Très bien, je vais leur parler, et t'amener une liste de leurs noms. »

Chapitre 19

De : Mohammad <mohammadamir@gmail.com>
Envoyé : 10 octobre 2011
À : Youssef <youssefcadi@gmail.com>
Objet : À la suite de notre première rencontre

Les islamistes ne sont pas seulement présents à Homs, mais ici aussi, dans la banlieue de Damas. Je sais d'où ils viennent et comment s'est forgée leur idéologie : ils vivaient parmi nous, ils ont grandi dans nos écoles. Tout particulièrement à l'institut Al-Fatah[1]. Leur projet est simple : instaurer un État appliquant la charia.

Sarah change, elle s'est éloignée de moi. Je pense beaucoup à elle, mais elle refuse de me voir. J'avais envie de lui faire l'amour pour faire fondre le mur de glace entre nous. Après notre rencontre à l'université, je lui ai proposé de passer une nuit ensemble. Mais elle a toujours refusé, me disant chaque fois : « C'est mon éducation. » Elle doit et veut rester vierge jusqu'au mariage.

J'ai rencontré un garçon au jardin Sebki et il est venu chez moi. À peine la porte fermée que nous étions nus.

1. Un lieu d'études de sciences islamistes à Damas.

Je l'ai poussé sur le lit mais il s'est relevé, a pris mon sexe dans sa bouche et a commencé à le sucer. Un vrai professionnel ! Je n'arrêtais pas de penser à toi.

Je ne pouvais plus attendre, je l'ai attrapé par les épaules et l'ai redressé. Il s'est allongé sur le ventre pour que je m'étende sur lui. Il fermait les yeux comme s'il ne sentait rien. Dès que je suis arrivé à l'orgasme, il a souri, s'est rhabillé et est parti silencieusement. J'ai passé le reste de la nuit perdu entre toi, Sarah, et mes désirs.

Quand allons-nous nous revoir ? Abandonne cette chose que tu appelles la révolution ! J'ai peur pour toi. Sarah aussi se rend aux rassemblements. La dernière fois elle voulait aller à Douma. Dans cette ville, les militaires tirent sur les manifestants, mais elle s'en fiche. Elle est devenue complètement folle.

Un de mes voisins a été arrêté il y a deux jours. Un habitant du rez-de-chaussée passe toutes ses journées devant le bâtiment et surveille les allées et venues. C'est un indicateur du régime. C'est lui qui l'a balancé.

Chapitre 20

Le week-end, à 11 heures du matin, le restaurant Chez Nous est presque vide, c'est à ce moment de la journée que Mohammad préfère s'y rendre. Il commande un café et relit l'histoire du calife Al-Amin. Dans sa jeunesse, il vivait à Bagdad où de nombreux *ghilman* – des éphèbes – étaient à son service. Ils étaient vêtus de tenues colorées très ajustées. Peu à peu, le calife se débarrassa de ses servantes. Sa mère, Zoubaida, scandalisée par son attitude, échafauda un plan ingénieux : elle fit venir au palais de très belles jeunes filles, leur coupa les cheveux, les habilla comme des garçons et leur ordonna de se promener dans le palais. Al-Amin fut conquis et remplaça ses éphèbes. Il était fier de présenter ces femmes à ses visiteurs. Zoubaida souhaitait préserver le statut des femmes au palais et son stratagème devint une véritable tradition dans les demeures des princes. Les jeunes femmes furent nommées ghoulamiyates.

Est-ce la raison pour laquelle certains hommes au Moyen-Orient aiment s'habiller en femme ?

Non. Youssef lui a raconté que, petit, il adorait se travestir. Quand le reste de sa famille s'absentait de chez lui, il sortait les robes des placards de sa mère et de ses sœurs et, devant le miroir du salon, il s'habillait et se maquillait. Il se contemplait et s'amusait à parler comme une fille. Il se sentait alors pleinement lui-même. Une fois, alors qu'il jouait avec ses trois sœurs, elles lui avaient passé une jupe rouge : il était content et elles riaient. Elles prirent des photos de lui sur le lit sous plusieurs angles comme s'il était un mannequin. Leur mère était soudainement entrée dans la chambre. La dureté de sa réaction avait nourri en lui le désir de continuer à se comporter ainsi.

Mohammad finit son café et pose sa tasse à côté de la soucoupe, comme à son habitude. Il n'a jamais été passif avec un homme. Ce n'est pas là qu'il trouve son plaisir. Mais, depuis qu'il a rencontré Youssef, il y pense. Il jette un coup d'œil à la rue tandis qu'une femme avec des lunettes de soleil passe. Il n'a jamais aimé les personnes qui portent des lunettes de soleil. Il ne sait pas dans quelle direction elles regardent ni quels sont leurs sentiments et leurs intentions. Ces lunettes lui suggèrent qu'il est en présence d'un spectre.

Chapitre 21

Une vingtaine de personnes chante au Centre, leurs voix résonnent dans les rues avoisinantes. Celle de Sahida se distingue, très claire, forte, émouvante. La chanteuse de la révolution, comme les jeunes l'appellent, a 70 ans. Elle a commencé à écrire des textes révolutionnaires au début de l'été 2011 et à les mettre en chansons. Elle a perdu deux de ses fils dans une manifestation au mois d'avril à Homs : les manifestants sortaient pour la première fois de la vieille ville et se dirigeaient vers le centre-ville. Les services de renseignement avaient ouvert le feu, un de ses fils a pris une balle dans le ventre, son frère l'a retenu et a tenté de l'emmener vers le trottoir, mais il a pris une balle dans le cou et s'est écroulé avant de l'atteindre. Quand Sahida a reçu la nouvelle de la mort de ses deux fils dans les bras l'un de l'autre, elle a dit : « Ils étaient inséparables depuis toujours, ils ne se quittaient jamais. » Depuis, son existence n'a plus de sens, et c'est pour lui en redonner un qu'elle a rejoint les organisations antirégime.

Elle a l'habitude de couvrir sa tête d'un châle blanc, son visage conserve encore quelques souvenirs de sa beauté.

Khalil se tient à côté de Joséphine, leurs bras se touchent, elle ne bouge pas. Il est ému, bouleversé de joie par cet infime contact. « C'est le moment », leur lance Adel en entrant dans la pièce. Tous se mettent debout sans cesser de chanter, les membres de Daou, de Qalb et des alaouites de Homs. Adel ouvre la marche en éclaireur, téléphone à l'oreille pour s'assurer que les rues d'Al-Khaldiya sont bien sécurisées.

Les alaouites qui participent à la révolution portent un masque afin de ne pas être identifiés sur les vidéos par leurs familles ou leurs voisins pro-Assad. Bilal, caméra en main, est installé sur une Suzuki servant de tribune. Rachid tient d'une main une bouteille de bière et de l'autre une banderole : « À bas Bachar Al-Assad ! » « Tu seras à terre avant lui ! Cache ça ! Personne ne boit ici en public ! » lui crie Youssef.

La pancarte de Joséphine proclame : « Les balles n'ont tué en nous que la peur ! » Elle la tend à Khalil pour qu'il la brandisse à son tour. Joséphine monte à côté de Bilal pour lire un appel au micro : « Nous avons le droit de vivre libres comme tous les autres peuples sur cette terre. Nos enfants ont le droit de grandir en sécurité et de choisir leur président et leurs représentants. » Les gens acclament et applaudissent ses paroles. Des femmes jettent du riz et des fleurs des balcons. Cette tradition habituellement réservée aux mariages étonne Joséphine.

« Nous voulons juger les tueurs et libérer les prisonniers. »

De nombreux passants rejoignent le cortège, surpris par ce mouvement conduit par une femme et dépourvu du moindre drapeau islamiste.

Sahida s'est mise à chanter : « Bachar, fils du mal, pars vite, ce pays n'est pas à toi. »

La manifestation est un pèlerinage pour la liberté, la foule se dirige vers le tribunal, répétant phrase par phrase après Sahida : « Libre, libre, liberté, on va obtenir la liberté, malgré toi, Bachar ! » Leurs voix portent, certains lèvent les mains au ciel, d'autres posent leurs paumes sur les épaules de leurs voisins et dansent en cercle. Les arbres dans le jardin au centre de la place bougent avec le vent, Youssef a l'impression qu'ils dansent avec eux. Un léger crachin tombe. Un garçon avec un tambour se hisse à côté de Sahida, accompagne les paroles de la chanteuse et les gens applaudissent, oublient le temps et le danger qu'ils bravent à continuer ainsi. Ils sont comme des enfants à qui l'on vient de faire un cadeau.

Tout autour, les hommes responsables de la sécurité regardent dans toutes les directions, inquiets, et vérifient chaque rue menant à la place pour être sûrs qu'il n'y a pas de mouvement de police.

Il n'est pas facile de mettre un terme au défilé, mais c'est indispensable pour assurer un minimum de sécurité aux participants. Youssef s'empare du microphone et répète : « Rentrez chez vous. On reprendra demain ! »

Ils reviennent au Centre, fatigués et exaltés. Les habitants suivent des yeux ce groupe étrange et joyeux, pendant que le soir s'invite dans le quartier.

Chapitre 22

Ils préparent ensemble le repas. Joséphine s'applique : elle découpe avec précision les tomates en petits dés identiques avant de les mettre dans la casserole ; Youssef écrase l'ail et Khalil mélange les tomates avec de la viande rouge.

La cuisine est petite, mais les chansons n'ont pas quitté leurs lèvres et leur donnent l'impression de participer à une grande fête.

Depuis la salle de réunion, Bilal les appelle pour qu'ils viennent voir la vidéo de la manifestation. Youssef le rejoint tandis que Khalil reste avec Joséphine alors qu'elle ajoute quelques épices sur le plat. Il profite de se trouver seul avec elle pour lui demander de passer la soirée avec lui sur la terrasse :

« La nuit est claire, et tu aimes la pleine lune.

— Et les snipers ? dit-elle en diminuant la flamme du gaz. Je préférerais être dans un endroit calme. » Elle remue le riz avec une cuillère en essayant de dissimuler son sourire. « On n'est pas nombreux. La nuit sera calme. »

Chapitre 23

Le ciel est clair et les étoiles sont visibles bien que ce soit déjà le milieu de l'automne. Un souffle d'air soulève délicatement le rideau, l'odeur de la première pluie de la saison se répand dans Al-Khaldiya. Les cyprès et les eucalyptus se dressent immobiles malgré le bruit des balles, faisant oublier qu'une guerre a lieu.

Rachid pose une feuille sur un coussin, il y mélange du shit et du tabac et se roule une grande cigarette. Il prend une longue bouffée, garde la fumée dans ses poumons et presque rien ne sort de sa bouche. Par la fenêtre, il remarque en face un balcon éclairé qu'il ne quitte pas des yeux.

Les autres discutent avec excitation et leurs paroles ne sont que joie et ferveur. « Vous vous souvenez du slogan : "Le cosmos est la tanière d'Assad" ? » dit Joséphine. Ils rient tous[1].

---

1. En arabe, *assad* signifie « lion ». En 1987, le pilote militaire Mohamed Farès passe quelques jours à bord de la station spatiale soviétique Mir. À son retour, il devient célèbre en Syrie et les services de propagande inscrivent cette phrase en lettres lumineuses sur la pente du Qassion,

Elle leur raconte alors ce qui s'est passé quelques jours auparavant à Damas : « Une dizaine de garçons et de filles se sont rassemblés dans le centre-ville et ont scandé des slogans contre le régime, ils se sont filmés. Il y avait aussi des alaouites parmi eux. Ils n'ont pas tenu plus d'un quart d'heure avant que la police ne les attaque avec des couteaux et des chiens. C'était néanmoins un coup dur pour les services de renseignement, et je suis sûre que Bachar tremble dans son palais. J'espère que demain il y aura encore plus d'alaouites qui défileront contre ce connard ! »

Youssef enchaîne : « Je me demande comment faire pour que les alaouites n'aient pas peur pour l'avenir en manifestant à nos côtés. À l'époque ottomane, au XIXe siècle, ils n'avaient pas le droit d'être fonctionnaires et vivaient isolés dans leurs montagnes. Ils sont considérés comme des infidèles par la plupart des sunnites. D'ailleurs, quand un alaouite traversait l'une de leurs villes, il devait le faire tête baissée, faute de quoi les commerçants le frappaient. N'oubliez pas que Hafez Al-Assad leur a donné le contrôle de l'armée quand il a fait son coup d'État. Ce salopard qui est lui-même alaouite leur a dit qu'il était là pour les protéger et, aujourd'hui, c'est sa famille qui les menace en leur disant que s'ils ne sont pas avec eux et que le régime

---

la montagne qui surplombe Damas, pour démontrer qu'il est à l'origine de cet exploit et que l'étendue de son pouvoir atteint même le ciel.

perd le pouvoir, les alaouites redeviendront des esclaves. »

Joséphine se penche vers lui, ses cheveux dorés effleurent son épaule.

« Oui, je sais bien, mon père a passé sa vie dans l'armée. Impossible de le persuader qu'il faut se révolter contre le régime. Ma mère aussi. Ils ont peur des sunnites. Ils pensent que dès que le régime tombera, les sunnites vont les écraser comme des mouches.

— Il faut réfléchir à la façon de leur ôter cette peur de la tête. Si le Conseil national ne fait pas son travail, à nous de le faire, partout et tout le temps. Il faut dire que la révolution sert la démocratie, pour tous les Syriens, peu importe leur religion ou leur ethnie.

— Ce que tu dis est sublime, camarade. C'est toi qui me représentes et non pas le Conseil national. »

Elle s'interrompt quelques instants, pose sa main sur le genou de Youssef : « Je rédige un appel sur ce sujet et je vous l'envoie pour le publier sur les réseaux sociaux.

— Tu veux te révolter sur Internet ? demande Rachid en lui proposant le pétard.

— Le régime a mis sur pied une "armée digitale". Ces salauds reçoivent de gros salaires pour nous insulter sur les réseaux sociaux et nous présenter au reste de la population comme des terroristes, et ce dans toutes les langues. On doit s'organiser pour leur faire face et expliquer au monde que la révolution que nous menons n'a rien à voir avec les islamistes. Le mouvement ne se limitera pas à Internet ! On va créer une vraie opposition au sein de la Syrie.

— Tu rêves ! »

Les dernières paroles font réagir Khalil qui était resté silencieux jusque-là : « Qui te dit que nous ne sommes pas des rêveurs ? Il y a seulement un an, personne n'aurait imaginé qu'une telle mobilisation était possible en Syrie. Nous sommes contrôlés depuis cinquante ans par un dictateur. »

« Fais tourner, fais tourner et donne-moi une taffe avant que la police n'arrive », chantonne Rachid. Il allonge ses jambes. « Quand est-ce que le régime va dégager ? Je voudrais reprendre une vie normale : passer du bon temps au bord de la mer, entre les champs d'oranges et la plage, me baigner dans la journée et boire le soir en regardant les reflets des phares sur les vagues... »

Personne ne fait de commentaire. Ils partagent tous ces mêmes espoirs. Rachid continue : « Je me pose une question : pourquoi est-on obligé d'être des victimes que l'on arrête, blesse, tue, pourquoi devons-nous faire ce sacrifice pour avoir un vrai pays ? Pourquoi la situation n'est-elle pas plus simple ? L'amour seul n'ouvre-t-il pas un chemin vers la liberté sans qu'on ait besoin de la violence ? » Il regarde Khalil avec ironie.

La silhouette d'une femme passe rapidement en ombre chinoise derrière le rideau avant de disparaître. Rachid la suit, yeux mi-clos. « Merde aux sunnites, aux chiites, aux alaouites, et à toutes les autres religions et ethnies ! Merde au régime et à l'opposition ! »

Les yeux ouverts, il s'imagine sur le sable, allongé, des rayons de soleil traversant les feuilles d'un palmier et caressant son visage. À quelques pas, des filles marchent les pieds dans l'eau. « J'ai envie de voir à nouveau les femmes en bikini, pour moi, cela vaut plus que tous les drapeaux. »

Chapitre 24

Adel ne parvient pas à trouver le sommeil. Il songe sans cesse à son frère qui a été tué et à sa femme couchée à ses côtés, à leur petit âgé de seulement deux ans et demi, soit trente mois, comme il dit quand quelqu'un lui pose la question. Il ne célèbre pas son anniversaire chaque année, mais chaque mois. L'enfant tient son ballon dans ses bras, la tête calée sous l'aisselle de sa mère. Ce n'est que de cette façon qu'il accepte de s'endormir. Ils respirent au même rythme.

Il pense à Youssef : il a envie de protéger ce garçon. Après tout ce qu'ils ont vécu ensemble, Youssef est devenu un miroir reflétant son propre visage, celui d'il y a des années, quand la jeunesse ressemblait à un orage et que sa vie était moins dure.

À une heure du matin, les rues d'Al-Khaldiya sont désertes, à part quelques garçons qui patrouillent pour protéger le quartier contre les incursions des services de renseignement et des voleurs.

Adel sort de chez lui, allume trois fois sa lampe de poche, attend que les trois jeunes hommes munis de bâtons debout sur la place fassent de même. Tout va bien. Il continue en direction du Centre. C'était bien la dernière personne à laquelle les militants s'attendaient à cette heure-là.

L'odeur du shit lui parvient dès l'extérieur du bâtiment. Cela l'énerve, mais il ne dit rien. Ils sont encore jeunes, et lui-même faisait ça à leur âge. « Amusez-vous bien, mais faites gaffe que personne ne vous voie ! Vous avez besoin de quelque chose ?

— Je voudrais te parler seul à seul, lui dit Youssef en l'entraînant vers la cuisine.

— T'as préparé la liste des familles des victimes ?

— Non, ils ont refusé d'accepter l'argent de gens qui les ont laissés tomber. Ils pensent qu'ils sont complices des criminels, ils n'ont même pas réagi ni organisé une seule grève contre les massacres. Excuse-les, le sang de leurs proches est encore frais.

— Mais ce ne sont pas les commerçants de Damas qui les ont tués !

— Quand la mort est partout, l'injustice se généralise, difficile de parler avec raison. »

Adel reprend sa promenade, seule l'obscurité l'accompagne.

Chapitre 25

« Al-Amin, le calife, avait au palais un éphèbe du nom de Kaouthar. Les deux hommes étaient très proches, Kaouthar était le favori du calife qui lui écrivait même des poèmes : “Kaouthar est ma religion, mon monde, ma maladie et mon médecin.” Ils étaient inséparables et cela n'étonnait personne au palais. Le père d'Al-Amin, Haroun Al-Rachid, avait eu beaucoup d'amants des deux sexes qui lui servaient du vin, chantaient, jouaient du luth et l'accompagnaient jusque dans son lit. Al-Amin, qui prit le pouvoir au début du IXe siècle, n'en finissait pas de s'adonner aux plaisirs sans s'apercevoir qu'Al-Mamoun, son frère, préparait un coup d'État. Il avait constitué une armée et se rapprochait de Bagdad pour l'attaquer. Kaouthar, qui sortit pour voir ce qui se passait, fut blessé au visage. Le calife abandonna tout ce qu'il était en train de faire pour rejoindre son amant. Il essuya le sang de ce dernier en disant : “Ils ont touché à la prunelle de mes yeux ! Ô Dieu, venge-moi !” »

Mohammad interrompt sa lecture pour vérifier qu'il n'a pas de nouveau mail. Sur le site de la BBC, parmi les nouvelles, une photo de Kate. Il se souvient alors de son mariage avec le prince William, sa robe blanche était serrée à la taille, très classique, et les visages des mariés étaient vides, dépourvus de sentiments, à l'image de celui des poupées Barbie. Deux émotions s'affrontent en Mohammad : il est content de ne pas être marié et conscient de ne pas être dans la norme. Il pense à Sarah, qui s'est enfuie récemment de la maison familiale pour vivre chez une amie. Son père a finalement eu vent des activités de sa fille contre le régime. Mohammad a proposé à Sarah de venir vivre chez lui, mais elle a refusé sous prétexte qu'elle n'est pas encore son épouse légitime. Au fond, il est heureux de cette réponse et n'imagine plus l'avenir avec elle.

Une cliente entre dans le magasin et se dirige vers la cabine d'essayage après avoir choisi une jupe. Elle l'appelle afin qu'il vienne l'aider à remonter la fermeture Éclair du vêtement. Tandis que Mohammad s'exécute, elle lui demande ce qu'il en pense. Il lui répond qu'elle est charmante, ce qui la fait rire :

« Je parle de la jupe, pas de moi !

— Elle vous va très bien, surtout avec ce pull blanc. »

Elle se tourne vers lui avec un grand sourire, ce qui le met mal à l'aise. Il s'excuse et repart à la caisse.

Peut-être a-t-elle envie de lui et devrait-il la séduire. Mais il peut se tromper, comment en être sûr ? D'ailleurs, ils sont dans sa boutique, pas dans un bordel. Lorsqu'elle tire le rideau, il lui dit qu'elle est aussi resplendissante qu'un soleil.

Il l'imagine nue tandis qu'elle choisit un collant. Puis elle paie et s'en va. Un fort sentiment de culpabilité s'empare de lui. Pourquoi toutes ces hésitations ? Pourquoi ne pas lui avoir demandé son numéro de téléphone ? Quel gâchis !

Aujourd'hui, au déjeuner, il va simplement prendre un sandwich et se balader. Il pénètre dans le souk Al-Hamidiyah, dans la foule il a l'impression d'être perdu, ce qui lui permet, en quelque sorte, de se trouver lui-même. Ici, tout est à vendre : parfums, ustensiles de cuisine, tapis, poteries, sabres, poignards ciselés, boîtes incrustées de nacre, épices... Cet endroit qui fourmille sans interruption depuis sa création au XVIIIe siècle semble plus triste ces derniers temps. Les acheteurs ne se bousculent plus, et les touristes se sont faits rares. Pourtant il y a beaucoup de monde.

Il arrive ensuite devant la mosquée des Omeyyades. Les colombes s'égaillent en sa présence, cherchant des restes de pain sec jetés par les passants. Il ne s'arrête pas à cette scène familière. Non loin, un enfant vend des DVD à 10 livres[1]. Mohammad se dirige vers lui et regarde les films d'action et les comédies étalés. L'enfant, en faisant un clin d'œil, lui propose des films spéciaux. C'est 100 balles.

1. La livre est l'unité monétaire syrienne.

Il continue jusqu'à la citadelle où les rues sont moins encombrées. Une vieille mendiante s'installe sur le sol. Le jeune homme lui donne la monnaie qu'il a dans sa poche. Il remarque aussi que le niveau du fleuve Barada est élevé, mais que l'eau n'en est pas moins polluée.

À sa droite, un panonceau indique : hammam du roi Al-Zaher. Il sait qu'à l'époque de son grand-père, les gens se pressaient ici chaque jeudi, veille du jour de repos. Ils apportaient une collation et passaient l'après-midi et la soirée à manger, discuter et se laver. Mais depuis que les gens ont des salles de bains, le nombre de clients a beaucoup diminué. Malgré tout, ici, les hammams ne ferment jamais. Ils sont encore très appréciés par les touristes européens. Mohammad a entendu dire que des homosexuels les fréquentent aussi, mais il n'a pas encore eu le courage de le vérifier. Les mots de Youssef lui reviennent : « Sois comme le nuage, personne ne peut décider à sa place où et quand il va pleuvoir. » Cette fois, il y va.

Chapitre 26

De : Youssef youssefcadi@gmail.com
Envoyé : 21 octobre 2011
À : Mohammad <mohammadamir@gmail.com>
Objet : À la suite de notre première rencontre

Aujourd'hui, un groupe de militants est reparti à Damas après avoir participé à une manifestation ici. J'ai pleuré, non parce qu'ils vont me manquer, mais parce qu'il me semble que notre pays ne les mérite pas. Ces jeunes sont forts. Toute leur enfance, ils ont appris qu'ils ne pourraient vivre que grâce au fasciste qui nous dirige. À l'école, chaque jour, ils ont scandé : « Notre président pour l'éternité, le fidèle, Hafez Al-Assad ! » Adolescents, ils ont appris par cœur ses discours. Devenus adultes, ils s'efforcent désormais de déconstruire cette propagande avec laquelle ils ont grandi.

Même les bananes en avaient marre du « fidèle ». Hafez Al-Assad avait interdit l'importation de ce fruit impérialiste qui, selon lui, ne servait pas le combat contre le sionisme. Depuis que je suis tout petit, je m'interroge sur le problème qu'avait Al-Assad avec les bananes. Est-ce qu'il ne les aimait tout simplement pas, ou bien y était-il allergique ? Pour quelles raisons a-t-il interdit à tous les Syriens d'en manger ?

Hier, j'étais parmi les manifestants, sans être vraiment avec eux. Tu m'occupais à chaque instant, heureux que personne d'autre que moi ne le sache. L'électricité était coupée, on a allumé des bougies même si les étoiles étaient très lumineuses. Bien sûr, je ne les voyais pas vraiment, c'est seulement la lumière qu'elles nous envoyaient puisqu'elles sont éteintes depuis des millénaires. Ces astres, nés du big bang, de chocs entre les atomes me font penser à ton sexe en moi. Nous aussi on explose en un univers de désir.

Je ne vais plus sur les sites de rencontres. Ça ne m'intéresse plus. Faire ta connaissance m'a suffi.

Méfie-toi de ton voisin, l'indic ! Nous avons de la chance ici, il n'y a pas de services de renseignement dans le quartier. Mais cette situation ne durera pas : si le régime ne parvient pas à pénétrer dans la ville, il la bombardera. Et qui est en mesure de l'arrêter ?

Des infos circulent comme quoi les forces iraniennes seraient entrées dans le pays. Un de mes collègues a filmé un tank arborant le drapeau de la République islamique à proximité de Homs. Une belle ironie, venant de ce régime qui nous accuse d'être des agents de l'extérieur.

Chapitre 27

Le hammam est divisé en deux, un côté pour les femmes et les enfants, l'autre pour les hommes. Chaque partie comprend trois espaces : l'extérieur pour se restaurer, une sorte d'antichambre pour se reposer et l'intérieur du hammam pour se faire masser vigoureusement le corps au milieu d'une chaleur intense.

À l'entrée de l'établissement, un groupe d'hommes est installé sur une banquette de pierre recouverte de tapis. L'un d'eux, le propriétaire, est appuyé sur un coude et donne des ordres aux employés tout en s'occupant de la caisse. Il vérifie de temps en temps que tout se passe bien.

Dans le vestiaire, Mohammad s'enroule dans deux serviettes puis sort de la petite pièce à côté de la porte. Il marche tête levée pour paraître sûr de lui devant ces hommes. Un garçon vêtu d'un pyjama noir prend le sac contenant ses vêtements et le conduit à l'intérieur.

« Je reviens avec le savon. Veux-tu que quelqu'un te frotte le dos ?
— Non. Si ! »

Le masseur qui arrive n'est pas tel que Mohammad l'avait imaginé. Il a 40 ans et le visage dur. L'homme lui demande de ne conserver que la serviette du bas et de s'asseoir face au mur. Il commence par le cou, passe le gant de crin jusqu'à la taille, verse de l'eau très chaude sur tout son corps. Le bruit emplit l'espace : le dôme du plafond culmine à quelques mètres.

Mohammad ferme les yeux, imagine être à l'orée d'une forêt, dans un pays libre. Il lit un livre, la nuque posée sur la cuisse de Youssef, dont la barbe semble surgir du ciel. Des gens passent autour d'eux sans les déranger ni leur prêter attention.

Le masseur arrive au bas de son dos, ses mains pétrissent violemment ses muscles. Quand tout est fini, Mohammad a l'impression que ses soucis ont quitté la moindre cellule de son corps.

Une voix lui parvient à sa gauche, malgré la vapeur d'eau il distingue un homme européen : grand, les yeux bleus, assis tout comme lui sur le sol. Le garçon au pyjama noir le masse et ses doigts se faufilent sous la serviette et touchent doucement le sexe de l'homme. La lumière qui tombe d'une petite fenêtre éclaire le noir et le blond de leurs cheveux. L'Européen se met à haleter.

Lorsque le garçon s'en va, l'homme blond essuie ses bras, se tourne vers Mohammad :

« *Marhhaba !* Bonjour !

— D'où viens-tu ?

— D'Allemagne. »

Ils se dirigent ensemble vers l'extérieur du hammam. L'Allemand parle l'arabe avec un fort accent. « J'ai travaillé au Centre culturel Goethe. Mon contrat est terminé mais je suis amoureux de cette ville. Ça fait maintenant des années que je viens ici, tout le monde me connaît. »

Le garçon apparaît avec deux verres de thé et une chicha. Il se penche vers Mohammad et lui souffle : « Un Occidental qui fume dans un hammam, qu'est-ce que tu en dis ?

— C'est comme si un Syrien mangeait du bacon en compagnie de la reine Elizabeth II. »

Mohammad cherche un moyen d'entraîner la discussion vers la scène qu'il vient de surprendre entre le touriste et le garçon. « Vous traversez des milliers de kilomètres pour trouver du plaisir à Damas ? Vous n'avez pas de hammams chez vous ?

— Si, mais en Syrie c'est beaucoup mieux qu'en Allemagne où je ne trouve pas de personnes aussi tendres avec les hommes plus âgés. Ici, par contre, je me sens beaucoup plus libre : on mange ensemble, on boit et on fait l'amour. De plus, j'aime les Arabes ! Surtout quand ils sont bruns. Peut-être qu'en tant qu'Européen, je vois les choses autrement.

— Qu'est-ce que tu veux dire ?

— Pour vous, l'Europe, c'est la civilisation, la paix, la richesse, et le Moyen-Orient, c'est la pauvreté, la tristesse et la violence. Moi, je trouve ton pays excitant. C'est un pays chaud, vous vous intéressez beaucoup au corps. Le corps lié à d'autres richesses, comme la culture, la philosophie, l'architecture, a peut-être été une des raisons pour lesquelles les Européens vous ont occupés. »

Son regard devient triste, il joue avec une bague rouge fixée à son auriculaire : « Mais c'est sans doute la dernière fois que je visite la Syrie. Je ne m'y sens plus en sécurité. »

Mohammad ne comprend pas pourquoi les touristes européens adorent son pays. Ici, où l'on n'a pas le droit de respirer sans l'autorisation du dictateur ? Si la liberté était égorgée, la beauté existerait-elle encore ?

Il se lève brusquement, la serviette tombe, il la remet en s'assurant que personne n'a rien vu. Il salue l'Européen qui est occupé à remettre un charbon sur sa chicha.

Chapitre 28

Comme à son habitude, avant de partir au travail, Adel contemple son fils. L'enfant essaye de shooter dans un ballon, mais ne réussit qu'à tomber dessus. Pour le petit, ce ballon est ce qu'il possède de plus précieux. Adel lui demande s'il a besoin de quelque chose, bien qu'il soit trop petit pour répondre ; il aime tant lui poser la question.

Soukaina, son épouse, est très occupée aujourd'hui car sa belle-famille vient déjeuner chez eux, et elle s'est mis en tête de nettoyer le jardin avant leur arrivée.

À travers une fenêtre donnant entre les maisons, il entrevoit leur voisine qui, alors qu'aucun homme ne peut la voir, a mis son voile. Les deux femmes parlent de politique, selon elles, une solution serait en train d'être mise en place. Tout le monde se le répète chaque fois qu'Obama déclare que les jours d'Assad sont comptés. Soukaina préfère changer de sujet, elle entend déjà son mari et la télé dire la même chose toute la journée. Elle demande alors à sa voisine de la mélasse de grenade pour faire une surprise à Adel en confectionnant un Lahmé-Bessiniyé, son plat préféré[1].

Pendant qu'elle passe le balai, une de ses boucles d'oreilles tombe sur des fourmis regroupées autour d'une miette de pain. Le petit morceau de métal disperse rapidement les insectes. Elle la ramasse, la remet en place, en songeant que la partie de son corps entre ses oreilles et ses épaules est celle que son mari apprécie au plus haut point. Quand ils font l'amour, c'est là que ses lèvres restent collées comme s'il se désaltérait après un mois de soif. Cette seule pensée la bouleverse. Le petit la sort de sa rêverie en jetant son ballon par terre. Elle lui ordonne de rentrer à l'intérieur de la maison afin de ne pas salir ses vêtements, mais c'est trop tard.

1. Viande hachée mélangée à du blé concassé.

Chapitre 29

Traverser Homs en voiture à midi est chose ardue, mais Adel est obligé de se rendre rue Hadara. Nombreux sont ceux qui y attendent un taxi. Dans la journée, toutes sortes de gens se promènent dans la ville : des étudiants, des employés, des commerçants... jusqu'au coucher du soleil où chacun se tapit dans son quartier.

Aujourd'hui au check point, les soldats ne se contentent pas de surveiller et de draguer les filles comme d'habitude : ils sont très nerveux à cause des affrontements qui ont eu lieu la veille avec des groupes armés de la vieille ville où l'un d'entre eux a été blessé.

Adel s'arrête au feu. Devant lui un grand carrefour où, avant le début des événements, se dressait une statue de Hafez Al-Assad. La police a récemment pris la décision de la retirer. Elle craignait que les manifestants qui en ont abattu de nombreuses dans d'autres régions ne la détruisent à son tour.

Un vieux vendeur de fruits passe entre les voitures et les soldats avec son chariot : « Clémentines, plus sucrées que le miel ! Clémentines ! » Les soldats lui ordonnent de dégager, mais le vieil homme leur répond qu'il vient ici chaque jour depuis qu'il a commencé à travailler et il continue à pousser sa charge : « Oranges ! Pleines de vitamines ! » Le chef des militaires le gifle et renverse la charrette et son contenu en donnant un coup de pied dedans. Adel sort de sa voiture, prend le vendeur par la main et tente de le mener à son taxi, mais l'homme se dégage : « C'est tout ce que j'ai pour vivre ! » Il entreprend de récupérer les fruits tombés à terre.

« Oui, prends tout et fourre-le dans la chatte de ta mère ! lui crie le militaire avec mépris.

— Tu n'as pas honte de ce que tu fais ? » s'interpose Adel.

Le chef des militaires se rapproche de lui et l'attrape violemment par la moustache :

« Et si je l'arrachais ? Tu serais assez beau pour que je te nique ! » Adel lui crache dessus et frappe le soldat au nez. L'homme recule, sort son pistolet et fait feu sans ciller. Adel tombe, doucement, son sang, très clair, ruisselle au soleil.

Chapitre 30

De : Mohammad <mohammadamir@gmail.com>
Envoyé : 27 octobre 2011
À : Youssef <youssefcadi@gmail.com>
Objet : À la suite de notre première rencontre

Tout à l'heure, je me suis souvenu d'une histoire que ma grand-mère me racontait lorsque j'étais petit. Il s'agissait de la façon dont les rencontres se déroulaient entre les amoureux à son époque. « Les filles sortaient de chez elles chaque vendredi matin, un seau plein de lessive et de savon sur la tête. Elles arrivaient au fleuve, s'installaient sur la rive et commençaient à laver leur linge. Leurs mains étaient alors plus puissantes que celles des hommes d'aujourd'hui. » C'est en tout cas ce qu'elle m'assurait.

« Les garçons qui allaient travailler dans les fermes de la Ghouta, à l'est de Damas, passaient non loin d'elles. Les sentes entre les oliviers et les vignes étaient si étroites et les arbres si touffus qu'ils devaient se dandiner pour avancer. Les filles leur jetaient des coups d'œil discrètement. »

Mon grand-père, qui était amoureux d'elle, fait rouler une pomme jusqu'au fleuve, provoquant un léger remous. Ma grand-mère fait comme si rien ne s'était passé. Il recommence alors et, à ce moment-là, elle le regarde. Ses camarades se mettent à rire, l'amoureuse sent la chaleur monter et envahir son corps. Elle n'a plus assez de concentration et d'énergie pour poursuivre son travail. Le garçon malicieux distribue des pommes aux jeunes femmes et reste debout à côté de celle qu'il aime. Les autres filles s'éclipsent pour les laisser seuls.

À la fin de sa vie, ma grand-mère était atteinte par la maladie d'Alzheimer. Elle avait oublié jusqu'aux prénoms de ses propres enfants. Seule cette histoire était intacte dans sa mémoire et elle la racontait avec beaucoup de détails.

Je pense à elle chaque fois que je me connecte sur un site de rencontres et que je contacte des filles ou des garçons à l'aide de phrases dénuées de chaleur et d'émotion. Dès que l'un d'entre eux s'en va, d'autres le remplacent, c'est une véritable noria informatique. Il faudrait que la page internet se transforme en un lac où les séducteurs jetteraient des pommes.

Il y a quelques jours, j'ai amené un garçon chez moi. Sa façon de marcher était efféminée et le trahissait. Tous à Jaramana nous dévisageaient comme s'ils voulaient nous tuer. Quelqu'un a même dit : « Félicitations ! À quand le mariage ! » Je ne voulais pas quitter ce garçon et, en même temps, j'avais peur de poursuivre jusqu'à la maison. C'était d'ailleurs une erreur, il ne fallait pas venir ici dans la journée. Nous sommes allés au restaurant et, cinq minutes après, un serveur nous a intimé l'ordre de déguerpir faute de quoi il appellerait la police. Depuis on me lance des mots obscènes chaque fois que je me balade dans mon quartier. Je suis désormais perçu comme un pervers.

Sarah est à Douma, elle a passé un accord avec un rebelle pour qu'il l'amène là-bas. Elle est partie seule, sans argent, ne l'a dit à personne et n'a pris que quelques vêtements. Elle a pu passer les check points grâce à une fausse carte d'identité. Quand elle est arrivée, elle m'a téléphoné et m'a assuré qu'elle voulait militer de façon pacifique et qu'elle avait décidé de travailler dans un cabinet d'avocats. « Je vais établir la liste des victimes blessées, arrêtées ou assassinées par le régime. Je ne serai pas loin, vingt minutes en voiture. » Son coup de téléphone était très bref et, depuis, je n'ai plus eu de nouvelles. Après cela, j'ai vu que le régime avait encerclé Douma et l'avait bombardée à plusieurs reprises.

Ça me rend fou ! Je ne comprends plus rien. Après le départ de Sarah, j'ai senti à quel point elle comptait pour moi : ses mots, nos discussions, même nos disputes, tout cela m'éclairait. J'ai besoin d'avoir quelqu'un à mes côtés, même si je ne suis pas d'accord avec cette personne. Son absence me pèse, elle me manque. Sarah est si pleine de tendresse et d'humanité.

Son père m'a appelé pour me supplier de faire quelque chose. Je lui ai dit que de toute façon nous étions au bord de la rupture. Il n'a pas voulu l'entendre : « Vous êtes officiellement fiancés ! Tu n'es pas le seul à décider ! » Il a ensuite informé mon père de notre discussion, ce qui a aggravé son état de santé. Il ne sort plus de la maison et passe désormais ses journées devant la télé et à dormir.

J'imagine chaque jour Sarah à Douma. Il y a des islamistes parmi les rebelles. Va-t-elle supporter toute cette violence ? Je me demande si elle est encore en vie ? Disparue ? Blessée ?

Sarah croit que notre génération est un pont : les générations à venir le traverseront afin de parvenir à la démocratie. Je sais que tu partages cette idée, mais regarde seulement ce qui se passe : la plus belle jeunesse de Syrie est morte, et ce, sans aucun résultat.

Chapitre 31

Le Centre est calme, ni visiteurs ni blessés cet après-midi. Youssef fait la sieste et sourit dans son rêve. Il est allongé sur le dos, un bras couvre ses yeux. À côté de lui, Bilal, une main sur le clavier, un morceau de pain dans l'autre, suit les nouvelles de la guerre, évitant les articles politiques qui semblent invariables : des réunions de l'opposition en Turquie, un appel du ministre des Affaires étrangères du régime à propos du complot contre la Syrie, etc.

Depuis trois jours, le jeune homme ne s'est pas changé, cela ne l'intéresse plus, il n'a pas non plus contacté sa famille. Il dort même à côté de l'ordinateur après des heures passées à écouter les discours des imams des Frères musulmans sur l'importance de prendre les armes contre le pouvoir afin de protéger la religion. Il reçoit un texto : « Affrontement rue Hadara, quelqu'un a ouvert le feu ! », qu'il retranscrit sur Twitter en attendant d'avoir plus de détails.

Il secoue Youssef :

« Lève-toi, feignasse !

— T'es là depuis quand ?

— Une heure environ.

— Je t'ai transféré l'appel contre le Conseil national syrien. Joséphine me l'a envoyé hier.

— Je sais, je l'ai lu et j'ai fait quelques modifications. Écoute : "Au nom de Dieu, nous, le peuple arabe syrien, déclarons que le Conseil national ne nous représente pas et se moque de nous avec ses slogans creux. De plus, tous les membres du Conseil national vivent en dehors de notre pays, nous allons donc constituer notre propre structure." »

Youssef se frotte les paupières : « Efface "au nom de Dieu" et le mot "arabe".

— Mais la plupart des gens ici sont arabes, syriens et musulmans.

— Peut-être, mais il y a aussi parmi nous des Kurdes et des chrétiens. Il faut en tenir compte.

— Le Qatar et l'Arabie Saoudite ne nous soutiendront pas si notre discours n'a pas un caractère islamique.

— Peu importe ! Partout les Syriens nous soutiendront, crois-moi. On n'a pas besoin que des étrangers nous aident. Il faut qu'on reste indépendants, c'est le pilier de la liberté. »

Bilal fixe son portable, pétrifié, les yeux exorbités.

« Qu'est-ce qu'il y a ? »

Il reste silencieux.

« Qu'est-ce qu'il t'arrive ? Tu es mort ?

— Pas moi, Adel. »

Chapitre 32

Le vendeur de fruits conduit le taxi, Adel est avachi sur le siège à côté de lui. La balle a touché un des reins. « Respire, réveille-toi. » Son corps est pris de tremblements, il s'affaisse vers le vieil homme en prononçant le nom de Soukaina. « Non, tu ne vas pas mourir pour moi, je n'accepte pas ça ! » Ils arrivent à l'hôpital militaire de Homs. L'homme porte Adel et court vers les urgences, mais il est déjà trop tard. L'infirmier qui le prend en charge fouille les poches du mort et demande qui l'a tué. Le vendeur lui raconte tout, il fait un pas en arrière : « Sa tête est tombée là », il indique son genou.

« J'ai fait ce que j'ai pu, il n'était pas lourd, mais je ne sens plus mes jambes. Je n'arrive plus à marcher. Il n'est pas décédé, n'est-ce pas ?

— Casse-toi ! Dégage ! lui dit l'infirmier.

— Je suis venu dans cet hôpital car c'est le plus proche, mais vous n'êtes qu'une bande de criminels. »

Les gardiens arrivent, tandis que le vendeur continue :

« Écoute, de toute ma vie, je n'ai fait de mal à personne, pas même à l'âne qui tire mon chariot, pas même au soldat qui m'a giflé ! Mais je te tuerai si tu ne le ramènes pas à la vie. »

Les gardiens l'empoignent pour le jeter dehors. Un médecin sort en entendant le bruit et demande à l'infirmier ce qui se passe. « Un nouveau rat de l'opposition vient de crever. »

Chapitre 33

Le plus insupportable, pour Youssef et Bilal, reste à faire : raconter ce qui s'est passé à Soukaina, la femme d'Adel. Ce qu'ils ne savent pas, c'est que l'hôpital s'en est déjà chargé : « Venez récupérer le cadavre de votre mari », a dit l'infirmier avant de raccrocher sèchement.

Elle se souvient que lors de leur nuit de noces, pendant qu'il enlevait le voile de mousseline de Soukaina, Adel lui avait murmuré : « Peu importe l'avenir, ton nom circule en moi, comme mon sang. »

Le corps sans vie d'Adel est allongé sur un lit d'appoint dans un couloir de l'hôpital, les employés le contournent sans y prêter attention. Le médecin qui l'accompagne soulève le drap : « C'est lui ? » Elle ne répond pas.

Le directeur qui a demandé à la voir la guide jusqu'à son bureau : « Voilà ce qui arrive à ceux qui frappent nos soldats. » Il pose devant elle une feuille sur laquelle est écrit : « Soukaina, fille de Abd Al-Rahman, épouse du martyr Adel, atteste que mon époux a été tué par un groupe de terroristes. » Soukaina se tient debout, le regard vide, tandis que l'homme lui tend un stylo : « En tout cas, on ne peut pas changer le passé. Signez ici afin de pouvoir enterrer votre époux. On connaît bien les gens comme vous. Vous allez parler aux médias et raconter que c'est le régime d'Al-Assad qui l'a tué. »

Elle ne l'écoute pas. Elle se souvient avoir oublié le repas sur le feu. Le petit est tout seul à la maison. Il faut qu'elle rentre chez elle au plus vite. Adel ne va pas tarder et il aura faim.

« Comme tu veux. Tu ne signes pas, tu ne le récupères pas. » Elle s'exécute, en pleurant pour la première fois depuis qu'elle a reçu la nouvelle par téléphone. Ses larmes se mélangent à l'encre. Elle s'évanouit.

Chapitre 34

De : Youssef <youssefcadi@gmail.com>
Envoyé : 07 novembre 2011
À : Mohammad <mohammadamir@gmail.com>
Objet : À la suite de notre première rencontre

Le meilleur de nos militants a été tué. Il s'appelait Adel et tout le monde l'aimait. Nous sommes allés chez lui laver sa dépouille et nous l'avons entouré d'un linceul. Son visage était serein, il avait même l'air heureux !

Beaucoup de gens s'étaient regroupés devant la porte, nous l'avons porté sur nos épaules, au milieu de la foule.

« *Allah Akbar* ! *Allah Akbar* ! » ne cessaient de répéter les personnes rassemblées, et tous voulaient porter le cercueil. Quand nous sommes arrivés sur la place, plus de deux mille personnes nous attendaient. Nous avons tourné trois fois autour, c'était comme une manifestation qui ne voulait pas se terminer. Certains ont brandi le drapeau de l'État islamique et, soudain, j'ai entendu crier cette phrase : « Le peuple veut le djihad. »

Les Syriens sont en colère, désespérés, seule la vengeance les préoccupe. Devant cette violence de l'État, ils cherchent une façon de se sauver, même si ça vient du Ciel. Mais ils ne mesurent pas le risque que ce slogan et ce qu'il y a derrière représentent.

Quand on a mis Adel en terre, un homme a sorti une arme et a tiré en l'air. Je lui ai crié : « Ça va pas ! Arrête ! », mais il a continué et d'autres ont fait de même en hurlant : « Le sang d'Adel vaut celui de cent partisans du régime ! »

Impossible de faire quoi que ce soit, même la terre vibrait au son de leurs voix. Plus personne n'avait d'autorité, ni ne se faisait entendre. Sans Adel, nous sommes tous orphelins, chacun est livré à lui-même.

Je suis rentré habité par une énergie énorme, comme si j'étais en mesure de déplacer des montagnes. Parfois, perdre des êtres chers nous rend plus forts.

Je me suis habitué au spectacle de la mort. La première fois que j'ai vu un cadavre, j'ai fait des cauchemars pendant une semaine. Des habitants de mon quartier avaient amené un homme qui avait reçu une balle à l'arrière du crâne. Son cou était couvert de sang. Quelqu'un a crié : « Filme, filme ça ! Il faut que le monde sache ce qui se passe ici ! Filme ! » J'ai sorti ma caméra. Je n'arrivais pas à croire qu'il était vraiment mort, qu'il ne reviendrait plus. Une partie de moi tentait de se persuader qu'il dormait et qu'il allait se réveiller. Un de ses proches se frappait la tête contre la porte. J'avais le vertige et envie de vomir. La tache de sang s'élargissait peu à peu, imbibant sa chemise blanche qui gouttait sur le sol jusqu'à mes chaussures. Le visage de l'homme était tourné vers moi, vers la caméra, il me regardait. Alors il m'a parlé : « Ne m'oublie pas, je suis parti si vite... » J'ai senti l'odeur de la mort, une odeur bizarre, qui ne ressemble à aucune autre : elle reste en tête, je la sens chaque fois que je me souviens de la scène. Je revois les visages, j'entends les voix des gens présents, et tout me rappelle cette odeur. Des dizaines d'autres morts sont par la suite passés devant ma caméra, mais sans plus jamais me faire cet effet.

La proximité de la violence donne plus de valeur aux choses simples : aujourd'hui j'adore la musique, les fleurs ou prendre une douche. Et parfois je rêve d'un papillon moitié noir taché de jaune, moitié blanc piqueté de marron. J'ai fait des recherches sur ce spécimen, il est rare : ni mâle ni femelle.

Tout ce que je souhaite en cet instant, c'est poser ma tête sur ta poitrine et sombrer dans un sommeil profond.

Chapitre 35

Joséphine marche rapidement vers le café Nofara, elle a déjà décalé à plusieurs reprises son rendez-vous avec Khalil. Ces derniers jours, l'organisation des manifs l'occupe à plein temps. Quand elle le retrouve, Khalil a les épaules tombantes et le visage blafard. Il ôte ses lunettes.

« Ma mère est malade. Je ne peux pas aller la voir à Deraa, la région est truffée de check points que je ne parviendrai pas à passer.

— Tu veux que je t'emmène et te fasse passer clandestinement ?

— J'ai peur pour toi, Joséphine.

— Tu as oublié que j'ai un doctorat de contrebande ? »

Khalil croise les doigts sur la table.

« À Deraa, c'est différent d'ici. Les soldats scrutent le visage des gens, et puis tu dois aussi aller à Homs présenter officiellement tes condoléances à la famille d'Adel.

— Hier, quand j'ai regardé ses funérailles sur Al-Jazeera et que j'ai vu les gens appeler au djihad, je me suis dit que la révolution était en train d'être égorgée. »

Ils changent de sujet lorsque le serveur arrive, commandent deux cappuccinos. Ils attendent qu'il s'éloigne pour reprendre. Joséphine se recule sur son siège.

« Le problème, c'est que chaque fois que nous voulons faire quelque chose, une catastrophe se produit. Comment demander aux Syriens de s'unir alors que des alaouites ont tué Adel ? Comment former l'opposition si chaque semaine des militants sont arrêtés ? La communauté internationale ne fait rien non plus, à ses yeux nous ne sommes que des cafards.

— Tu as entendu le dernier discours du secrétaire général de l'ONU ?

— Oui, il a dit que la situation en Syrie l'inquiétait. Il répétait cela en boucle. Il faudrait lui envoyer des anxiolytiques ! »

Après avoir quitté le café, ils se baladent et sortent de la vieille ville. Khalil hésite : il aimerait lui dire qu'elle est, pour lui, l'être le plus cher au monde.

« Viens avec moi à Homs, lui propose-t-elle.

— Je préfère rester à Damas. Ici, je suis plus proche de Deraa. »

Arrivés à Bab Charki, dans une petite ruelle, devant un jasmin, il s'approche doucement d'elle. Elle sourit. Elle le regarde, les yeux purs. Il pose sa main sur sa taille. Elle ne bouge pas. Il dépose un baiser sur son front puis sur ses lèvres. Troublé, il s'écarte. Elle l'attrape soudainement, leurs lèvres se mélangent, il l'enveloppe de ses bras. Leurs doigts se promènent sur leurs joues. Un rai de lumière perce l'entrelacs des branches d'un arbre et vient illuminer leur baiser.

Du bout de l'index, Joséphine effleure un grain de beauté dans le cou de Khalil, s'arrête, comme si elle voulait l'imprimer sur sa peau.

Scène inhabituelle à Damas, en Syrie et au Proche-Orient, mais tous deux sont loin de toutes les traditions, loin de ce temps.

Elle se détache de lui et s'en va, non sans se retourner une dernière fois. Khalil a enfin l'impression d'être au bon endroit, d'avoir trouvé le pays qu'il cherchait depuis sa naissance.

Chapitre 36

De : Mohammad <mohammadamir@gmail.com>
Envoyé : 10 novembre 2011
À : Youssef <youssefcadi@gmail.com>
Objet : À la suite de notre première rencontre

Je ne comprends plus pour quelle liberté vous vous battez. L'islam politique est plus fort que tu ne l'imagines et nous ne pouvons rien faire pour l'arrêter. Il suffirait pour détruire la planète que le roi d'Arabie Saoudite appelle les musulmans du monde entier au djihad. Nous sommes les héritiers de l'échec de nos parents et de nos ancêtres. Le fruit de siècles archaïques.

Hier soir, en bas de chez moi une dizaine de personnes entouraient mon voisin, l'indic. L'un d'eux le menaçait en brandissant un couteau devant son visage :

« Dis la vérité, ou on te fait ton affaire !

— Je n'ai pas touché l'enfant ! Il ment ! Je suis impuissant !

— C'est justement ce que l'enfant a raconté ! Voilà une preuve de plus contre toi ! Tu as vingt-quatre heures pour dégager du quartier. »

L'homme avait dit au petit que sa mère l'attendait dans la cour de l'immeuble. Après l'avoir suivi, il l'a forcé à se déshabiller. Heureusement, la mère de l'enfant était sortie de son appartement et avait appelé le garçon. Le salaud avait menacé de le tuer s'il racontait ce qu'il venait de se passer, mais le gamin s'était enfui en criant dans l'escalier.

Cette histoire m'a abattu, je me suis allongé sur le canapé, j'étais comme pris de vertiges, j'avais l'impression d'être la victime. Quand j'avais à peu près son âge, je suis entré dans une épicerie et le vendeur m'a demandé de l'aider à monter des boîtes de chocolats de la cave, me promettant de m'en donner un gros morceau. Guilleret, je suis descendu, mais pendant que je cherchais les boîtes, l'homme a fermé la porte, nous enfermant tous les deux. Il m'a alors regardé d'une façon que je n'oublierai jamais : il était un loup devant un agneau. J'ai tenté de m'enfuir mais il m'a plaqué face au mur. Prenant ma main, il m'a forcé à toucher son sexe en m'expliquant que le mieux, c'était que je fasse ce qu'il voulait, qu'il me donnerait le chocolat ensuite. Prisonnier de ses bras, je ne parvenais pas à me libérer. Il s'est frotté contre moi jusqu'à obtenir ce qu'il recherchait.

Je n'ai jamais eu le courage de raconter cette histoire à personne.

Chapitre 37

À Damas, Khalil habite au nord-ouest de la ville, tout au bout de Barza, dans une chambre donnant sur des fermes. Il a choisi exprès cet endroit calme, isolé, pour pouvoir s'enfuir facilement en cas de descente des services de renseignement.

Ce jeudi, à l'heure où le soleil se couche, les gens reviennent tranquillement chez eux après avoir acheté ce dont ils ont besoin pour le lendemain, vendredi, jour de repos. Les jeunes se préparent à une longue journée de manifestation tandis que les vieux et les enfants, eux, ne sortiront plus avant samedi.

Khalil entre dans un magasin et fait remarquer au vendeur que le prix du riz a doublé depuis la semaine précédente.

« Regarde les légumes, les fruits ! Tu as vu leur prix ? Attends encore quelques mois et les prix d'aujourd'hui nous feront rêver. Les grandes enseignes dissimulent les produits et il est presque impossible d'importer quoi que ce soit. Grâce à Dieu, nous avons une agriculture, sinon on mourrait de faim. »

Il n'a pas envie de discuter, il prend son sac de courses et s'en va. Le quartier est très calme, presque triste, Khalil a hâte d'arriver chez lui, il a pris la décision d'appeler Joséphine pour lui dire qu'il va la rejoindre à Homs. Il est heureux, même s'il se sent coupable de partir alors que sa mère est malade.

En introduisant la clé dans la serrure, il se dit qu'il doit aller chez le coiffeur avant son départ et qu'il devrait acheter un cadeau pour Joséphine. Derrière lui, une main le prend violemment à la gorge et l'étouffe. Deux hommes lui mettent un bandeau sur les yeux et un bâillon sur la bouche.

Chapitre 38

De : Youssef <youssefcadi@gmail.com>
Envoyé : 14 novembre 2011
À : Mohammad <mohammadamir@gmail.com>
Objet : À la suite de notre première rencontre

Vendredi, un groupe de visiteurs est venu sans prévenir au Centre. Ils arrivent l'un après l'autre et une heure après ils sont dix. La vie des gens est devenue un vrai chaos, la plupart n'ont plus de travail. Chaque jour, une grève, une manif ou un massacre vient bouleverser leur quotidien.

Mais malgré cela, ils sont vivants et traversent la rue de la Mort – ainsi nommée parce qu'elle est prise pour cible par des snipers – sans savoir s'ils arriveront vivants de l'autre côté ou si une balle leur perforera le cœur ou la tête. Mais ils se sont habitués à cette incertitude : leur ancienne vie leur revient comme une scène de film. Et s'ils parviennent de l'autre côté, ils ont l'impression de naître une seconde fois.

Autour d'un déjeuner, tout le monde tombe d'accord, si on était en Tunisie où tout le monde est sunnite, cette guerre n'aurait pas lieu. Pas de discorde entre les religions et les ethnies. Là-bas, l'armée patriotique a mis en fuite le Président. Je me suis demandé si le poulet que nous dévorions était sunnite ou alaouite. Je ne rigole pas : la plupart des discussions que les gens ont de nos jours tournent autour de cette question.

En fin de journée, il ne restait plus qu'un vieil homme qui portait un keffieh. J'étais un peu gêné de sa présence et faisais mine de travailler sur mon ordinateur. « J'ai vécu la guerre de 1973 contre Israël, la guerre civile au Liban, les événements des années 1980 entre le régime et les Frères musulmans. Des milliers de jeunes ont été assassinés, et regarde-moi, je suis toujours vivant ! La guerre ne fait que passer, nous sommes éternels. Ne te fais pas trop de souci, mon petit ! » me dit-il avant d'être interrompu par quelqu'un frappant à la porte. Le vieil homme a ouvert en soupirant : « Ô mon Dieu ! Je t'ai dit que je revenais dans dix minutes !

— Je t'ai dit de ne pas tarder !

— Je suis désolé.

— Je t'ai épousé il y a quarante ans et tu n'as jamais été à l'heure ! »

Il touche le bras de la femme qui est entrée dans la pièce.

« Si, quand on s'est fiancés, je suis arrivé pile à l'heure.

— Non, tu avais une demi-heure d'avance.

— Tu me manquais !

— C'était il y a longtemps...

— Si je reste avec toi un million d'années et que tu t'éclipses ne serait-ce qu'une minute, tu me manqueras plus que tout. »

Elle rit en applaudissant.

Il attrape sa main, qu'elle essaye de lui reprendre en riant. « Arrête, nous ne sommes pas à la maison ! »

Avant de sortir, le vieil homme se retourne et me dit : « J'aime quand elle est en colère contre moi, après, quand elle me pardonne, ses yeux sont si beaux ! »

Ce sont des gens comme eux qui me redonnent confiance en l'avenir. Nous sommes vivants malgré les ruines qui nous entourent.

Au sujet de ton voisin et de ce que cet épisode a fait ressurgir de ton enfance, je sais que tu ne pourras jamais l'oublier. Mais sois sûr que je porterai ce souvenir avec toi pour toujours.

Chapitre 39

Les armes, en heurtant des objets métalliques, produisent un bruit glaçant. Khalil fait attention à tout ce qu'il entend afin de déterminer où il a été emmené. Des flics l'accompagnent dans des couloirs où l'humidité et l'odeur de moisissure se mélangent à celle du sang. Ils lui font descendre un grand escalier avant de lui enlever bandeau et bâillon et de le pousser dans une cellule où sa tête heurte violemment un autre détenu.

Une vingtaine de personnes sont dans cette pièce de dix mètres carrés, la moitié debout, l'autre assise. Le geôlier leur hurle : « Si j'entends un mot, direction la potence ! » Khalil a besoin de parler à quelqu'un pour s'assurer qu'il ne fait pas un cauchemar. Malgré l'obscurité, il distingue à ses côtés un homme d'environ 60 ans, des traces de fouet zèbrent son visage très maigre. Il porte ce qui semblait être une chemise blanche couverte de crasse et respire avec difficulté. L'homme explique à Khalil qu'ils sont à Faraa Palestine. L'effroi saisit Khalil : il a été emmené dans le centre de torture du régime et de la mort.

« Pourquoi es-tu là ? » demande Khalil à l'homme.

Le prisonnier frotte ses cheveux pleins de poux avant de répondre : « Mon fils a participé aux manifestations et la police voudrait qu'il se rende. Ils m'utilisent pour lui mettre la pression.

— Et les autres ?

— Ils sont tous là pour des raisons politiques. »

Dans un coin, un adolescent s'agite allongé sur le sol, du sang sort de sa bouche et tache ses vêtements. Les autres détenus tentent de le calmer et de lui faire boire de l'eau, mais le garçon ne cesse de geindre. Ses jambes ont été brûlées par des cigarettes.

Assis dans un coin, Khalil pique du nez et se réveille en sursaut. L'homme lui dit : « Tu es encore nouveau, tu vas t'habituer à dormir assis. »

Chapitre 40

« Maintenant qu'Adel est parti, qui va nous protéger désormais ? » Les larmes de Youssef roulent dans les cheveux de Joséphine. Elle presse ses épaules avec douceur : « Je ne veux pas entendre ce discours plein de désespoir. On a beaucoup de travail encore : j'ai un nouveau projet pour la fin de l'année. Nous allons apporter des cadeaux aux enfants du quartier ! On va chanter et danser avec eux, en dépit de tout. »

Après la tragédie, l'épouse d'Adel est partie vivre dans sa famille, elle n'a voulu rencontrer personne du Centre. Quand on a enterré son époux, elle s'est contentée de ramasser un peu de terre au creux de sa main et de la serrer de toutes ses forces, puis elle s'en est allée, seule, silencieuse. Rien n'aurait pu atténuer son chagrin, sa souffrance était plus forte que tout ce qu'on pouvait imaginer.

« C'est normal, elle a perdu son mari, et les autorités lui interdisent de dénoncer son assassin. » Joséphine donne à Youssef le sac des médicaments qu'elle a apporté : « Mets-les rapidement à l'infirmerie, je suis épuisée. Nous devrions préparer à manger. » Mais un appel de Rachid vient les ramener à une dure réalité : « Khalil a été emmené en voyage, faites gaffe ! »

Chapitre 41

De : Mohammad <mohammadamir@gmail.com>
Envoyé : 21 novembre 2011
À : Youssef <youssefcadi@gmail.com>
Objet : À la suite de notre première rencontre

Si je n'avais pas traîné aujourd'hui, je serais mort.

Je suis sorti du restaurant Chez Nous vers midi. J'ai ensuite déambulé dans les rues alentour, en prenant la direction de la rue Qassaa. Dix minutes avant que je n'y arrive, un obus, lancé de Douma, y a explosé. J'ai couru vers le lieu d'impact où beaucoup de gens étaient déjà rassemblés.

Voici une chose bizarre de ce pays : quand on entend un avion de guerre ou un hélicoptère, on sort sur sa terrasse pour regarder plutôt que de descendre à la cave pour se protéger. Et quand un attentat se produit, on se précipite sur le lieu alors qu'il faudrait s'en éloigner. Personne jamais ne s'enfuit.

Aujourd'hui, au moins sept personnes ont été tuées. Je me suis demandé quelle victime avait pris ma place. La police a rapidement fermé la rue. Une fumée épaisse recouvrait tout, des flammes sortaient d'une boucherie et une voiture était complètement détruite. Des médecins triaient les blessés qui étaient ensuite chargés dans des ambulances.

Je ne voyais pas bien tout ce qu'il se passait, j'étais trop loin.

Une femme est arrivée en hurlant : « Ma mère ! Ma mère ! » J'étais sous le choc, pas seulement du fait de cette scène horrible, mais de penser que les milices de Douma avaient peut-être su que l'obus allait tomber sur des civils. Musulmans ou chrétiens. Pour ou contre le régime.

J'ai repris ma marche et suis arrivé au jardin Sebki : il n'y avait plus de feuilles sur les arbres, et leurs branches semblaient plus affaissées que d'habitude. Était-ce à cause de cette ville vieillissante ou du poids de ce que nous étions en train de vivre ? Dans le jardin, une famille : une mère, un père et leurs deux enfants, allongés dans l'herbe sur des lits de carton. Autrefois, les gens aimaient se prélasser dans la nature, désormais ils y logent. Cette famille habite dans le jardin, comme d'autres déplacés à Damas. Ils ont fui la violence de la guerre pour rejoindre l'enfer du froid et de la mendicité.

Je n'avais pas envie d'aller travailler. J'étais déprimé à l'idée que les gens n'ont plus d'argent pour acheter de la nourriture...

Quand j'étais petit, je prenais de la viande dans le réfrigérateur chez moi et je la plantais dans le verger. J'imaginais qu'elle allait pousser et devenir un arbre à moutons, ainsi personne n'aurait plus faim. Désormais j'aimerais pouvoir faire la même chose avec du tissu et offrir aux gens les vêtements qu'ils ne peuvent plus s'acheter.

Arrivé à Al-Halbouni, mon quartier préféré, des centaines de livres jonchaient les trottoirs. C'est une pratique magnifique de ce quartier. Les vendeurs de livres d'occasion et anciens les protègent avec de grands parasols ; certains rentrent même chez eux se reposer en les laissant sans surveillance, ils sont sûrs que des voleurs ne seront pas intéressés par la lecture.

Non loin d'eux, de l'autre côté de la rue, un vendeur à la sauvette proposait toutes sortes d'articles : Coca, chewing-gums, bracelets, peignes... tout à 100 livres. Un petit garçon et une petite fille se sont approchés de lui :

« Nous n'avons que 50 livres, on peut acheter une moitié de bracelet ? »

L'homme leur a dit de s'en aller sans même les regarder.

« Je vous en prie ! J'ai promis à ma sœur de lui acheter un cadeau. Regardez, son bras est très menu, une moitié de bracelet lui suffira. »

J'ai acheté aux enfants ce qu'ils désiraient. Leur joie à cet instant m'importait plus que la révolution, la victoire et tout le reste.

Chapitre 42

Le geôlier ouvre la porte de la cellule avec fracas et dépose sur le sol un seau ainsi qu'une assiette de pain sec et d'olives : « Le petit déjeuner des porcs est servi ! Où est le dernier connard qu'on a amené ? Viens, le chef veut te voir ! »

Il attrape Khalil par le cou et le traîne vers la salle des interrogatoires. L'officier est assis à un bureau, occupé à lire des documents étalés devant lui tout en fumant et en buvant son café. « Khalil Al-Moussaddi, 24 ans, étudiant en chimie, né à Deraa, résident à Damas, membre de Daou, un groupe d'opposition », énonce-t-il d'une voix forte. La décoration du bureau est très riche, la table est d'un bois précieux, un pistolet en or et des antiquités reposent dessus. Les canapés ont l'air confortable et une bibliothèque contient une multitude de dossiers à côté d'un grand portrait de Bachar Al-Assad. « Oui, mille oui à toi, le leader de la patrie » est écrit en dessous en lettres capitales.

Les boutons de son uniforme sont sur le point de lâcher à cause de la pression exercée par son énorme ventre. Il scrute longuement son prisonnier. « Je sais que tu es un intellectuel, un homme intelligent, et c'est pour cela que tu vas m'aider. Je n'ai qu'une seule question, si tu y réponds, tu pars aussitôt. Qui est avec toi dans ce groupe ? »

Puis sans attendre de réponse, il ajoute : « Un des gardiens t'a-t-il frappé ? Si c'est le cas, nous en sommes désolés mais, tu sais, le pays est en guerre... »

Quand il a été arrêté, Khalil s'est préparé à prétendre n'avoir aucun lien avec les mouvements politiques, mais après sa nuit dans la cellule, il a décidé de changer de position : il n'a plus rien à perdre, il sait qu'ils vont le frapper comme les autres. « Monsieur l'officier, je reconnais avoir milité contre le pouvoir en place, mais, croyez-moi, je n'ai rien fait de mal.

— Je sais que t'as participé à la révolution dans le Nord.

— C'est faux !

— Quoi donc ?

— Je ne suis jamais allé dans le Nord !

— Cela veut dire que tu as manifesté ailleurs, mais ce n'est pas ça qui m'intéresse. Je veux savoir pourquoi.

— Pour libérer les détenus politiques, pour la démocratie et pour une justice indépendante et impartiale.

— Et tu as pensé à Israël ? Tu ne sais pas qu'ils attendent la première occasion pour se jeter sur nous à cause de notre soutien aux

Palestiniens ? Tu n'es pas au courant qu'il y a un complot contre la Syrie ? »

Khalil est pris d'une violente migraine, il a l'impression que sa tête va exploser, chaque cellule de son corps lui fait mal. « Peut-être, mais quel est le rapport avec nos revendications ?

— Nos ennemis sont à l'affût, ils veulent profiter du chaos pour nous envahir. Il suffit de regarder la carte du nouveau Moyen-Orient pour le voir, Condoleezza Rice en parle depuis des années. »

Il tourne l'écran de son ordinateur vers Khalil pour qu'il puisse voir la Syrie découpée en plusieurs micro-États : Damas, Alep, les alaouites...

« Je le sais et je m'oppose à ce plan.

— Imbécile ! Vous le soutenez en créant ce bordel que vous appelez la révolution ! Vous voulez faire tomber le régime ? Qu'est-ce qu'il vous a fait ? Vous avez oublié ses bienfaits : les écoles, les universités et les hôpitaux sont tous gratuits. Notre système alimentaire est autosuffisant et les denrées sont disponibles partout. Vous vivez en sécurité grâce à nous. Que souhaitez-vous de plus ? »

Il poursuit : « Vous êtes comme un homme nu cherchant une cravate. Nous sommes un pays en voie de développement, éradiquons d'abord l'analphabétisme, on parlera de liberté après.

— Pourquoi ne pas nous avoir écoutés au départ ? Nous ne voulions pas renverser le régime, mais mettre en place un vrai Parlement, et vivre dignement.

— Tout cela prend du temps, beaucoup de temps. Aujourd'hui, la Syrie est en danger…

— C'est à cause de vous !

— Non, de vous qui continuez vos activités contre le pouvoir. Bref, dis-moi, qui est avec toi dans ce groupe ?

— Je ne sais pas de quel groupe vous parlez. »

Khalil demande à boire une gorgée d'eau, mais l'officier parle comme s'il n'entendait pas.

« N'aie pas peur, je veux simplement les contacter pour trouver un accord. Al-Qaida est entré sur le territoire, dans les régions orientales, et les Frères musulmans sont prêts à agir. Ils veulent établir un État islamique. Cela te rendrait heureux ? Non ? Alors, dis-moi qui était avec toi !

— J'ai toujours été seul. »

L'officier jette sa cigarette vers le jeune homme : « Seul. Ici aussi tu es seul. » Il actionne une sonnette placée derrière son bureau et, immédiatement, un gardien entre : « Emmène-le, et fais attention à lui ! »

Quelques instants plus tard, Khalil est debout, pieds nus, dans une petite pièce au sol métallique. Une décharge électrique traverse son corps. Il saute, court et hurle : « Arrête ! Je vais avouer, je vais avouer ! » Tout tourne autour de lui, ses pieds sont brûlés, en feu, sa vue se trouble, il ne voit que du noir, ne sent plus ses mains, n'a même plus la force de crier.

Chapitre 43

Depuis qu'ils ont appris la nouvelle, Joséphine ne quitte plus son ordinateur portable, guettant la moindre information. Youssef le ferme soudain. « Pourquoi tu fais ça ? J'envoyais un mail, tu me saoules !

— Il faut que tu te reposes un peu.

— Tu ne sais pas à quel point je me sens coupable. Je lui avais dit qu'il viendrait ici, avec moi. Notre dernier rendez-vous avait changé ma vie. »

Elle se jette sur la porte verrouillée et tambourine avec rage. « Je veux être en prison avec lui, je ne peux plus attendre ! » Youssef, qui l'a suivie, prend ses mains dans les siennes : « Arrête, il va sortir, j'en suis sûr. »

Il l'assied et met de la musique, *Les Nocturnes* de Chopin, et va lui préparer un verre de camomille. Une heure passe, silencieuse, avant que Bilal n'arrive.

« Ils sont en train de nous piéger un par un comme des lapins et ne s'arrêteront pas avant d'avoir eu le dernier !

— On a envoyé le nom de Khalil à Amnesty International et créé une page sur Facebook pour demander sa libération. Il faut maintenant qu'on commence à travailler à la constitution du Conseil national que l'on veut mettre en place.

— Je ne suis plus convaincu par tout ça... Pour l'instant on doit trouver de nouveaux alliés, et peu importe qui. Le plus important en ce moment, c'est d'être fort. »

Énervé, il dévore son repas à toute vitesse, comme s'il se vengeait du régime sur la nourriture.

Les pensées de Joséphine sont tournées vers Khalil. Elle sait qu'il n'a jamais aimé la cohabitation et se demande s'il est dans une cellule collective ou individuelle. Ce à quoi il pense. Est-ce qu'on le frappe ? Elle lève son regard vers le plafond et pleure en silence.

Chapitre 44

« Le peuple de Lot vivait dans la péninsule arabique il y a quelque dix mille ans. Allah leur a envoyé un prophète afin qu'ils mettent un terme à leurs pratiques sexuelles. Comme ils n'y ont pas prêté attention, l'ange Gabriel a élevé la ville jusqu'au ciel avant de la précipiter au sol. »

Chaque matin en s'habillant, Mohammad pense à ce texte qu'il a étudié à la mosquée dans sa jeunesse. « L'homosexualité existait chez les Grecs, dans *L'Iliade*, on découvre les relations intimes entre Achille et Patrocle. Ces gens ne faisaient rien d'autre que ce que je fais aujourd'hui. Pour quelle raison cette pratique est-elle devenue un crime ? » se demande-t-il.

Il essaye de ne plus penser à cela. La première heure de la journée est toujours très dure pour lui, la tristesse remplit son cœur et lui donne envie de pleurer.

Mais alors qu'il se peigne, son esprit dérive à nouveau, il songe aux anciens Égyptiens : « Dans les pyramides, on trouve des hiéroglyphes où des garçons s'embrassent. Mais il est vrai qu'avant l'islam, je n'ai pas trouvé d'histoires sur l'homosexualité chez les Arabes. Cela dit, si le prophète l'a interdit, c'est bien la preuve que cela existait. »

Il repose le peigne dans l'armoire, à la droite de son rasoir, referme la porte, puis l'ouvre à nouveau et déplace le peigne à gauche du rasoir. Il a le sentiment que s'il l'avait laissé à droite, il aurait eu un problème aujourd'hui. Il répète ce geste encore trois fois : il le prend, le remet, vérifie qu'il est bien à sa place et pas de travers. S'il veut éviter de croiser des gens, il faut qu'il parte tout de suite. Il n'a pas envie de se faire insulter en marchant. Mais il doit encore vérifier que le drap du lit est bien tiré, alors il revient sur ses pas et constate que tout est en ordre. Enfin, il se dirige vers la porte, tourne la tête pour vérifier qu'il n'a rien oublié et sort vite.

En arrivant au restaurant Chez Nous, le spectacle que la ville lui offre améliore son humeur. Il boit son café en lisant les mails de Youssef. Il commence sa journée plein d'énergie.

Chapitre 45

Lorsque les bourreaux rebranchent l'électricité, le corps de Khalil est pris de tremblements, ce qui fait rire les hommes : « Le salopard est toujours vivant. » L'un d'eux passe un doigt le long de sa joue : « Tu veux encore t'amuser, mon petit ? »

Le plus costaud d'entre eux mesure plus d'un mètre quatre-vingt-dix, il s'approche en balançant son bras gauche tandis que sa main droite reste proche de son pistolet. Il est borgne, il a perdu son œil dans une rixe : un jeu d'argent avec des collègues qui a mal tourné et s'est terminé à coups de couteau. L'homme est connu sous le nom de Dracula, on dit qu'il est le plus expérimenté de tous dans le domaine de la torture.

Sans un mot, il allonge les jambes de Khalil, l'attrape par la nuque et ramène son visage vers ses genoux. Ainsi plié, il le force à se glisser dans un pneu et s'amuse à le faire tourner dans la pièce. À cet instant, Khalil souhaite mourir. Les autres rient et encouragent Dracula à poursuivre.

De retour dans la cellule, les prisonniers l'aident à s'allonger et essayent de lui faire manger quelques restes de pommes de terre. Bien que son estomac soit vide, le goût des pommes de terre lui donne la nausée.

« As-tu avoué ? » lui demande-t-on. Khalil secoue péniblement la tête en signe de négation. « C'est bien ! Si tu leur donnes une seule info, ils ne te lâcheront plus.

— Depuis combien de temps suis-je là ?

— Trois jours seulement. »

Khalil se répète ce chiffre pour ne pas l'oublier. « Ce sont les séances de torture et les repas qui rythment nos vies désormais. »

De longs moments passent, des moments pendant lesquels le silence enveloppe la prison. Khalil demeure allongé. Lorsque de nouveau la porte s'ouvre, diffusant la peur dans la pièce, chacun se demande : qui sera le suivant ? Qui va être torturé ? Qui va mourir ?

Et quand vient l'heure d'aller aux toilettes, ils sortent tous en courant, tête baissée, en direction d'une pièce d'un mètre carré tout au bout du couloir. Khalil s'y traîne avec difficulté, et reçoit un coup de fouet. Une fois arrivé, il ne peut plus bouger les pieds. Le geôlier agacé le fait sortir avec violence en lui tirant les cheveux.

« La minute est déjà passée, sale merde. »

Chapitre 46

De : Youssef <youssefcadi@gmail.com>
Envoyé : 30 novembre 2011
À : Mohammad <mohammadamir@gmail.com>
Objet : À la suite de notre première rencontre

Il n'y a pas qu'à Damas que les gens dorment dehors, à Homs aussi, mais sous terre. Il n'y a plus de place dans les cimetières pour enterrer nos morts.

Depuis toujours, cette ville est surnommée « la mère des pauvres ». Les agriculteurs poursuivent leur travail, ils apportent leurs récoltes aux souks, rien ne les perturbe, à part les check points où ils échangent quelques produits contre leur passage. Même si des affrontements ont lieu pendant la journée, les habitants sortent acheter de la nourriture pour leurs enfants. Ils utilisent l'humour pour faire face au régime, à l'opposition, et à eux-mêmes. Quand les manifestations ont été retransmises en direct sur les chaînes satellitaires, tous disaient en riant : « Pourquoi n'y a-t-il plus personne dans les rassemblements à Homs ? Parce que les manifestants restent chez eux en espérant se voir à la télé ! »

D'un côté, des renforts militaires arrivent sans cesse. De l'autre, les groupes islamistes armés se filment brandissant des kalachnikovs et diffusent ensuite les vidéos sur YouTube. En Arabie Saoudite, une campagne de dons a été lancée en faveur de ces derniers pour financer l'envoi d'armes et d'argent. Les défenseurs des quartiers qui n'acceptaient pas d'être sous leur drapeau ont été chassés. Ces gens qui prennent les armes au nom de Dieu sont tout aussi nocifs et oppresseurs que le régime.

La semaine dernière, par exemple, un blindé a traversé la grande route devant Al-Khaldiya en arrosant le quartier de balles. Caché derrière un véhicule, j'ai sorti ma caméra alors qu'un homme équipé d'un lance-grenades s'installait à mes côtés et se mettait en position pour ouvrir le feu à son tour. « Qu'est-ce que tu fais ? Tu nous filmes, espèce de traître ! » Un de ses camarades me menaçait d'un pistolet. Il m'a amené à leur base pour qu'ils puissent inspecter mes vidéos et, n'y trouvant pas d'image de l'homme au RPG, ils m'ont laissé partir. Le lendemain, ils m'ont envoyé un émissaire : « Tu dois avoir notre autorisation pour tourner, sinon tu seras condamné à mort. »

Après la disparition d'Adel, des dizaines de chefs sont apparus dans le coin, chacun prétendant être meilleur que son voisin et voulant mener la révolution. J'ai l'impression d'être un étranger dans mon propre quartier.

Chapitre 47

Avant la guerre, lorsque les gens se donnaient rendez-vous dans la vieille ville de Homs, c'était devant tel magasin ou tel restaurant. Mais depuis que l'armée y est entrée, les repères ne sont plus les mêmes. Lorsque Rachid arrive à Al-Khaldiya, il suit les indications de Youssef : « T'avances jusqu'à un petit carrefour. Tu tournes à gauche là où il y a des impacts de balles sur un moucharabieh. Tu continues toujours tout droit jusqu'au mur effondré. On se retrouve là-bas. »

Au Centre, Youssef barre la porte de la pièce qui tient lieu de dispensaire afin que Rachid ne puisse pas voir l'enfant blessé à l'épaule qui s'y trouve. Le gamin jouait au foot avec ses amis et quand le ballon a roulé vers la grande route et qu'il a couru pour le rattraper, un sniper l'a touché.

De son côté, Joséphine est enveloppée dans une couverture. L'approvisionnement en bois tarde, aujourd'hui. « Pourquoi es-tu venu jusqu'ici ? Voyager est devenu très dangereux ces jours-ci.

— Je suis là pour vous dire adieu.

— Tu pars pour Mars ?

— Non, en Turquie. Je me suis décidé. Non. Ce n'est pas une décision, c'est une obligation. Je n'ai pas le choix. Je dois fuir, c'est tout. Mes proches, sur la côte, m'ont menacé après m'avoir vu à la télé participer à une manifestation. Ils ont dit qu'ils allaient me retrouver et m'égorger.

— Mais que vas-tu faire chez Erdogan ?

— Peu importe. Je balaierai les rues, vendrai des journaux. J'ai des amis là-bas qui m'aideront. Le plus important pour moi, c'est de sortir de cette horreur. Ce ne sont pas seulement mes proches qui m'inquiètent, mais aussi la perspective de finir en prison. Tant que Khalil était là, je me sentais fort. Depuis qu'ils l'ont arrêté, je cauchemarde toutes les nuits. Je vois des soldats me torturer et m'envoyer des décharges électriques. »

Joséphine pose sa main sur son bras : « Ne t'inquiète pas, ici tu es en sécurité. L'électricité est souvent coupée et quand il y en a, elle est très faible.

— Je ne rigole pas. Tu sais bien que les alaouites qui soutiennent la révolution sont doublement traîtres. Nous devrions être aux côtés de Bachar qui est « l'un de nous ». L'idée d'être en prison m'est insupportable. Déjà, quand j'étais petit, le plus dur c'était quand mon père m'interdisait de sortir de la maison. C'était horrible, alors comment ferais-je dans une petite cellule ? Je finirais par devenir fou. »

Le bois arrive enfin et Youssef allume le poêle : « Voilà, les arbres sont aussi des victimes de cette guerre, depuis que le mazout est devenu hors de prix. » Il nettoie ses mains avec un mouchoir. Joséphine rejette sa couverture, elle porte un jeans et un pull noirs.

« Le noir te va bien, princesse, lui dit Rachid après l'avoir observée avec attention.

— Merci, mon roi. Tu as tout préparé pour ton voyage ?

— Je connais un garçon d'Alep qui est en contact avec un chauffeur de camion, c'est lui qui va me faire passer la frontière. Au check point, je dirai que je suis son assistant. Ça me fait de la peine de quitter notre pays de cette façon, mais bon… »

Il chasse une mouche sur son pantalon.

« Après tout ce qu'on a perdu, plus rien ici ne mérite notre tristesse.

— Nous sommes encore là, si tu restes, tu ne seras pas seul.

— Vous êtes comme moi, ma chère, coincés entre le régime et les islamistes. »

Il se redresse, ses lèvres se contractent, son visage s'assombrit.

« Je pars demain. Est-ce que je peux dormir ici cette nuit ?

— Non, on va te laisser seul dans la rue, sourit Joséphine.

— C'est gentil, j'ai une bouteille d'arak, on va trinquer.

— Ça va te manquer.

— Tu penses que je n'y ai pas réfléchi ? L'arak vient de Grèce, puis il a traversé la Turquie et il est arrivé chez nous. Je ne fais que me rapprocher de la source de cette boisson sacrée. »

Ses yeux s'éclairent.

« Ils ne le fabriquent pas de la même manière, mais je me débrouillerai. Peut-être que je travaillerai dans une cave. C'était mon projet il y a longtemps : faire de l'alcool. C'est comme refaire le monde : il ne meurt jamais, au contraire, avec le temps, il rajeunit. C'est magique. »

Chapitre 48

De : Mohammad <mohammadamir@gmail.com>
Envoyé : 04 décembre 2011
À : Youssef <youssefcadi@gmail.com>
Objet : À la suite de notre première rencontre

En 1958, quand Choukri Kouatly a cédé le pouvoir à Gamal Abdel Nasser, après leur décision de réunir l'Égypte et la Syrie en un seul État, il a déclaré : « Je te donne un peuple, pour moitié des prophètes pour moitié des chefs. » Moi, j'ai compris cela depuis des années. Toi, en revanche, tu t'obstines. Tu veux changer la société, alors que tout ce que je souhaite, c'est que plus rien ne change.

J'ai lu un texte qui m'a fait penser à toi : « Lors de l'invasion de l'Irak, un des compagnons de Mohamed, Khaled Ibn Al-Walid, a rencontré un jeune homme à l'apparence féminine. Il en tint informé le calife qui lui donna l'ordre de brûler ce jeune homme. » Khaled serait sorti de sa tombe, à côté de chez toi à Al-Khaldiya, s'il connaissait notre histoire. On va finir dans le feu.

Je t'écris attablé au café Raouda, de ma place je peux voir le Parlement. Tu m'as dit que tu adorais ce bâtiment, mais que tu détestais les gens qui s'y trouvent. Cela ne m'étonne pas qu'il te plaise, puisqu'il a été construit par les Français. Grâce à toi, je me suis renseigné sur le sujet et j'ai été surpris d'apprendre que le plan d'urbanisme de la capitale avait été élaboré par eux. Ils ont notamment bâti la mairie de Margé, l'hôpital des Étrangers et plusieurs quartiers de Damas, dont Qassaa.

La Damas française, ton amoureuse, a envie de te voir. Quand viendras-tu lui rendre visite ?

Ici, les filles sont charmantes et les garçons sont beaux. Ils vont de pair, et personne ne me prête attention. Je suis seul. Mes jours passent pleins de ton absence, de ma tristesse et des livres que je lis.

Chapitre 49

L'officier feint de demander à Khalil si ses geôliers l'ont torturé. « Les salopards, je leur ai dit de faire attention à toi ! En tout cas, ne perds pas espoir, j'ai vu ton nom aux infos. Tu es devenu célèbre, bravo ! »

Il approche son visage de celui de Khalil jusqu'à le frôler : « Pour tes camarades, tu es peut-être un héros, mais en réalité tu n'es qu'un traître. Il faut que tu comprennes : nous sommes le pouvoir. Vous, vous n'êtes rien. Nous pouvons vous écraser en quelques jours. Vous avez de la chance que nous préférions la manière douce. »

Il retourne à son bureau et en sort une bouteille de whisky vide. « Je l'ai bue hier. Je l'ai gardée car on en aura peut-être besoin tout à l'heure, sauf si tu te révèles fidèle à ta patrie… » La peur quitte le visage de Khalil tandis qu'un volcan de colère s'éveille en lui. Il sourit à l'officier.

« Vous venez de dire que je suis un traître.

— Donne-moi les noms de ceux qui sont avec toi.

— C'est un groupe d'hommes et de femmes qui refusent l'oppression et la dictature. »

Le gradé appelle deux gardiens, leur ordonne d'allonger Khalil sur le ventre et de le tenir fermement. Ils lui retirent son pantalon et le lieutenant enfonce la bouteille dans son anus : « Tu prends du bon temps ? C'est pas comme cela que les islamistes vous baisent ? Il y a d'autres positions ? »

Khalil pleure de douleur et son cri résonne entre les murs de la prison.

« Dis : "Je suis un âne !" »

Mâchoires serrées ; il reçoit un coup sur la bouche.

« Quand je te demande de faire quelque chose, tu le fais ! Dis : "Je suis un âne !"

— Je suis un âne.

— Je suis une pute !

— Je suis une pute.

— Je suce vos bites !

— Je suce vos bites.

— Bachar est mon dieu !

— Bachar est mon dieu.

— Voyez combien ce garçon est sympathique ! Il est si obéissant. »

L'officier finit par retirer la bouteille, très vite, le sang de Khalil coule le long de ses cuisses. Il serre les dents.

Les trois hommes de main le retournent sur le dos et lui relèvent les pieds pour que l'officier le fouette.

Les coups claquent. « Et maintenant ? Tu es toujours fort ? Tu as encore envie de jouer au rebelle ? » La peau du prisonnier se lacère. Le tortionnaire a mal à la main, jette le fouet au sol. « Amenez-le à la cellule numéro 4. Faites attention, je ne veux pas qu'il meure. »

Chapitre 50

De : Youssef <youssefcadi@gmail.com>
Envoyé : 12 décembre 2011
À : Mohammad <mohammadamir@gmail.com>
Objet : À la suite de notre première rencontre

Tu vis à travers le regard des autres comme si tu n'existais que par eux. Tu aimerais leur ressembler... Même si tu avais des amis, tu resterais isolé. Ta solitude est en toi, elle t'habite.

Ici, autour de moi, je ne vois que des blessés, des tués, des tueurs, ou des survivants en quête de vengeance. L'autre jour, j'ai accueilli un groupe de garçons venus de Deir Baalba. Tu connais ? La plupart des habitants de cette ville sont des Bédouins en faveur de l'opposition. Des résidents d'Abbassiya, un quartier chiite prorégime, ont kidnappé quelques-uns de leurs enfants et les ont égorgés avant de jeter les cadavres sur la grande route. Ces jeunes, que j'ai rencontrés, voulaient piéger une voiture dans ce repaire d'assassins. Je leur ai demandé ce qu'ils comptaient faire pour protéger les civils.

« Tous des assassins », m'ont-ils répondu.

Ils voulaient que je les aide à acheminer le véhicule, mais je n'ai pas accepté. Ce sont des sauvages et nous ne sommes pas obligés de suivre leur exemple. La seule victoire, dans cette guerre, c'est de garder notre humanité.

Damas la française va peut-être disparaître au cours de cette révolution comme cela s'est passé à Homs. Nous n'avons emprunté à la France que l'architecture, nous aurions aussi dû étudier leur langue et profiter de leur expérience dans le domaine des droits de l'homme. Mais le régime « anti-impérialiste » nous a empêchés de le faire. Tout ce qu'il reste désormais de cette culture, ce sont les mots « Pâtisserie » ou « Boulangerie » écrits avec l'alphabet arabe dans certains quartiers. Même ton restaurant préféré, Chez Nous, pour la plupart des clients cela ne veut rien dire. Ils prononcent « Ché nô ». Tout comme le fromage La Vache qui rit : « La vachkri ».

Le Moulin Rouge me manque aussi, tu sais que ce nom est français ? À Paris, ce n'est pas une boîte de nuit comme ici, c'est un cabaret, une salle qui présente des revues.

Je t'écris devant le poêle à bois, j'aime beaucoup sa flamme. Impossible d'en détourner le regard. Quelle est l'origine de ce feu ? De quel arbre vient-il ? Et que deviendra-t-il demain ? Des voix d'insurgés ? Des nuages ?

Chapitre 51

Dracula est venu chercher le vieil homme, il le tire par les pieds : « Je vais te suspendre tête en bas pendant trois jours ! » L'homme gémit. « Tout ce que tu veux, mais pas ça ! L'autre fois, j'ai cru que ma tête allait exploser. » Il tente de résister, sa chemise est à moitié déchirée. « S'il vous plaît, vous avez l'âge de mon fils, je sais que vous êtes quelqu'un de bien ! » Il tend la main à son bourreau comme pour serrer la sienne.

Le geôlier se fige et lui ordonne de répéter ce qu'il vient de dire. « Je pourrais être votre père. »

Il saisit la tête du prisonnier et la cogne contre une colonne métallique. « Toi, le bâtard, tu pourrais être mon père ? Toi ? Toi ? » L'homme ne bouge plus. Son crâne est brisé. « Jetez cette ordure loin d'ici », crie Dracula aux gardes.

Un des gardiens charge le cadavre dans un camion et, comme tous les jours, se rend dans un lieu secret et se débarrasse de sa cargaison.

Khalil a assisté à toute la scène depuis sa nouvelle cellule où il est seul désormais. À cet instant, il ne songe qu'au suicide dans cette pièce aux parois nues. Pour y arriver, il faudrait qu'il parvienne jusqu'à une petite ouverture où il pourrait alors introduire sa tête et ainsi se pendre. Le problème, ce sont ses mains qui, dans un réflexe, vont s'agripper aux murs pour l'empêcher de mourir.

Il pense à sa mère, la dernière fois qu'il l'a vue, elle lui a offert un pull bleu qu'elle avait confectionné elle-même. C'est celui qu'il portait quand il a été arrêté. Le parfum de sa mère l'enveloppe malgré l'odeur du sang qui règne. Il se demande si elle est toujours en vie et si elle sait qu'il est là. Il a envie de tout casser, mais ses muscles engourdis et ses pieds gonflés le ramènent au présent. Une blague lui vient que l'on fait quand on veut critiquer le gouvernement : « C'est quoi ta pointure ? Elle va bientôt changer. »

Le soir venu, il se couche sur le côté. Pour se consoler, il s'imagine être dans un café avec Joséphine. Elle lui prend la main et l'embrasse. À l'extérieur, il y a un sapin de Noël. En ce moment même, Damas doit être illuminée par des ampoules de toutes les couleurs et la vieille ville envahie par des enfants et leurs mères, surtout dans le souk Al-Hamidiyah. Khalil n'a jamais aimé faire les courses mais là, il voit une robe rose ornée de papillons blancs. Il l'achète pour Joséphine. Ils vont passer la soirée chez lui, il a allumé des bougies et sorti du vin rouge. Joséphine porte son cadeau qui découvre la moitié de son dos. Elle lui va parfaitement, comme si elle avait été faite pour elle. Il désire chaque parcelle de son corps. Il attend que la passion soit à son comble, telle une pleine lune.

Dans son verre à moitié plein, l'ombre de la cigarette de Joséphine. Elle parle de la côte, où elle est née et a grandi. « Là-bas, les gens sont comme des vagues : soudain, ils s'énervent, t'insultent sans raison et te prennent dans leurs bras. » Elle lui raconte que chaque matin elle attendait les oies pour leur donner à manger. Khalil l'embrasse. Goûte ses lèvres. Elle tente de cacher sa gêne en riant.

Pourra-t-il un jour faire l'amour avec elle ? Il a été frappé à de nombreuses reprises sur le sexe et les testicules. Les hommes lui disaient : « On va bientôt baiser tes sœurs devant toi ! » Est-ce vrai ? Il ne sait pas, mais ce dont il est sûr, c'est que du Beethoven remplit sa maison tandis qu'il explique à la fille qu'il aime pourquoi il a choisi d'étudier la chimie : « J'adore quand les éléments réagissent entre eux. Au lycée, j'avais une petite chambre avec une terrasse où je réalisais des expériences afin d'inventer une nouvelle couleur. Aujourd'hui, je fais la même chose avec l'amour : la chimie en est la base. »

Il décide de lui réciter un poème qu'il a écrit il y a longtemps, il sent que c'est le meilleur moment pour le lui offrir :

Dans la forêt de nos corps
Nos pieds noués entre deux ciels
Une moitié de moi est dans la lumière
L'autre vole dans ton souffle

Tu me guides vers mon visage
Vers le vent, et l'alphabet

S'il existe une maison
C'est quand j'oublie la saison des tueurs
Dans cette lumière qui s'élève de ta voix

Chapitre 52

Joséphine se réveille les yeux bouffis. Elle n'a aucune énergie, mais à la pensée de Khalil elle saute du matelas et ouvre la fenêtre. Le froid traverse la chambre comme une flèche.

Elle se dirige vers la salle de bains mais elle entend Bilal arriver au Centre avant d'y parvenir. Un sentiment étrange a commencé à grandir en elle depuis la dernière fois qu'il est venu. Il ne la regardait pas pendant leur discussion, il évitait même son regard. « Les chefs du quartier ne seront peut-être pas d'accord, Noël est une coutume chrétienne, elle n'est pas la bienvenue dans l'islam », dit Bilal à Youssef.

Joséphine répond : « Tu veux dire les islamistes du quartier ? Les milices soutenues par l'Arabie Saoudite ? Dis-le. »

Il fait comme s'il n'avait pas entendu, trop occupé par son portable.

« Pourquoi est-ce que tu ne me parles plus, Bilal ?

— OK, OK ! Je le dis : les islamistes.

— Je sais qu'on ne peut pas manifester sans leur accord, mais la ville ne leur appartient pas. Qu'est-ce qui leur donne le droit de nous contrôler ? L'argent et les armes ? Qui sont ces cons ? Que veulent-ils ? Un État islamique ? Regarde-moi. Je suis une fille libre. Je ne veux pas faire tomber le régime pour avoir à la place de nouveaux dictateurs qui obligeront les femmes à porter le voile.

— Il faut que je vous dise la vérité. Je ne travaille pas qu'avec vous. »

Bilal soupire. « J'ai passé un accord avec les Frères musulmans. Ils m'ont fourni des caméras et de l'argent. »

Youssef accroche sa veste sur le porte-manteau.

« En échange de quoi ?

— On brandit dans les manifs des banderoles soutenant le Conseil national. Moi, je suis avec eux. On ne perdra rien en annonçant que nous sommes de leur côté. Après, on fera ce que l'on voudra.

— Tu ne peux plus faire ce que tu veux. Tu leur dois déjà quelque chose.

— On n'a pas d'autre choix.

— Si ! On peut continuer notre combat.

— Et faire quoi ? Donner des cadeaux aux enfants ?

— Il faut qu'on fasse la manif et que tu sois avec nous ! Nous voulons que les familles se rassemblent sur la place. On chantera et on fera la fête. Un ami va nous apporter les cadeaux et des vêtements de la capitale.

— *Inchallah* », dit Bilal en partant.

Joséphine referme la fenêtre tandis que la tristesse s'installe. Ce garçon, il n'y a que quelques semaines encore, était un camarade. Voilà que tout a changé et qu'elle a l'impression de ne l'avoir jamais connu. Elle attend que Youssef dise quelque chose, mais il reste silencieux. Elle lui demande alors ce qu'il en pense. « Je n'ai pas le temps de réfléchir. L'essentiel, c'est de poursuivre notre travail. »

Un grand nuage noir recouvre le ciel.

« On est vraiment seuls, très seuls. Pourquoi personne ne se soucie de nous ? Nos victimes sont devenues de simples nombres dans les infos.

— Avons-nous sauvé les Roumains quand Ceausescu les a écrasés ? Ou les Irakiens quand George Bush les a bombardés ? Pourquoi les autres seraient-ils à nos côtés ? Ici, les massacres font désormais partie du quotidien. En Europe, ce sont les fêtes de fin d'année, ils s'amusent et sont en vacances. Nous avons fait la même chose quand les enfants de Somalie mouraient de faim. Une fois, j'ai lu une pièce de théâtre dans laquelle un homme dialogue avec un tigre. "Nous avons tué dix millions de personnes pendant la Seconde Guerre mondiale." L'animal répond : "Et vous les avez tous mangés ?" L'homme s'écrie : "Non !" Le fauve s'étonne : "Alors pourquoi les avez-vous tués ?" »

Chapitre 53

De : Mohammad <mohammadamir@gmail.com>
Envoyé : 18 décembre 2011
À : Youssef <youssefcadi@gmail.com>
Objet : À la suite de notre première rencontre

De ma chambre à coucher je peux voir un appartement de l'immeuble d'en face. Tous les soirs, une dame d'une cinquantaine d'années sort des vêtements d'un placard : une jupe rouge et un tee-shirt blanc, les pose sur le lit et s'assied à côté. Elle leur parle pendant une heure. J'aimerais connaître son secret : a-t-elle perdu quelqu'un et est-elle devenue folle de solitude ? Ce genre de comportement n'est plus étrange à Damas, beaucoup d'habitants soliloquent. J'ai déjà croisé dans la rue plusieurs personnes dans ce cas. Avant, on les traitait de fous. Maintenant, c'est devenu normal.

Pour changer l'opinion des gens de mon quartier à mon égard, j'ai ramené une prostituée chez moi. Avant de monter, nous sommes restés un petit moment debout devant mon immeuble afin d'être vus par mes voisins.

J'ai introduit mon sexe en elle. Je n'ai rien ressenti. Je n'avais plus d'érection. Je me suis retiré et allongé, comme un soldat défait. Elle m'a dit : « Ne t'inquiète pas, maintenant la plupart des hommes sont comme toi. C'est la déprime, la peur. Vous couchez avec les femmes comme si vous faisiez la guerre. Elle vous a avilis. »

Je lui ai dit que je n'étais pas comme les autres, et elle a ri : « Vous dites tous la même chose ! Je vous connais très bien, contre ou avec le régime, militaires ou civils, ouvriers ou ministres, vous êtes vaincus partout, même au pieu. »

Elle m'a donné du Viagra en me disant que même les jeunes en prenaient maintenant. J'ai refusé. Elle m'a embrassé sur le front, a pris son argent et est partie.

Une heure après, j'ai entendu résonner la voix de l'imam récitant un verset coranique évoquant le paradis : « Et parmi eux, circuleront des garçons éternellement jeunes. Quand tu les verras, tu les prendras pour des perles éparpillées. » J'ai imaginé autour de moi des fleuves, des arbres, des grappes de raisin, des châteaux en briques d'or, un adolescent très beau passant… quelle perversion ! Depuis des siècles, des millions de personnes croient cela. Voilà l'histoire que nous avons apprise à l'école, à la maison et à l'université.

Mais je me fiche de tout cela, mon problème, aujourd'hui, c'est de savoir si je suis normal.

Chapitre 54

De : Youssef <youssefcadi@gmail.com>
Envoyé : 19 décembre 2011
À : Mohammad <mohammadamir@gmail.com>
Objet : À la suite de notre première rencontre

Nous chérissons notre passé car notre présent est douloureux, quant à l'avenir, nous l'avons égaré. Nous sommes fiers d'avoir inventé le chiffre zéro et de l'avoir offert au monde entier. Le problème, c'est que nous ne sommes pas allés au-delà.

À Homs, la prostitution existe mais d'une façon détournée : le remariage des veuves. Lorsqu'une femme perd son mari, elle devient par la force des choses la seconde, voire la troisième épouse d'un homme qui devient responsable d'elle financièrement. Mais pour ces hommes, la seule motivation pour les épouser, c'est le sexe. Ils se pavanent même avec des armes comme s'il s'agissait de leurs bites.

Je crois que si on était libre sexuellement, si chaque homme et chaque femme pouvait vivre ses passions, la guerre prendrait fin. Plus personne n'aurait envie de tuer qui que ce soit. Noyée dans le désir, la violence devient une idée vide.

De mon côté, je suis persuadé que mon désir est intense, plus fort que celui d'un hétéro. Car coucher avec quelqu'un du même sexe signifie coucher avec un corps qu'on connaît, et comprend.

Es-tu normal ? Rien n'est moins important. Vois seulement que tu as la possibilité d'endosser différents rôles dans tes fantasmes, et quand tu fais l'amour. Deux garçons. Deux filles. Une fille et un garçon. En revanche, dans ce paradis ridicule que l'on nous promet, je sais que je ne pourrai jamais m'amuser. Si je meurs en martyr, je serai obligé de vivre avec soixante-douze vierges, quel cauchemar ! Tu sais quoi ? Arrête de réfléchir à ces conneries et vis donc un peu ! Sors de ta déprime ! Et si tu croises quelqu'un qui parle tout seul, discute avec lui !

Il y a quelques jours, un obus est tombé sur Al-Khaldiya sans exploser. Des enfants ont joué avec, l'ont mis sur une balançoire accrochée à un arbre et l'ont poussé en chantant. Ça, c'est notre vie !

Chapitre 55

Ils ont de nouveau mis Khalil dans la cellule collective. Entre-temps, le nombre de codétenus a diminué. L'adolescent notamment n'y est plus.

« Les gardiens l'ont obligé à avaler de grandes quantités de sel et à boire beaucoup d'eau. Ils ont aussi serré très fort un fil de fer autour de son sexe et lié ses mains et ses pieds », lui explique un garçon assis à ses côtés. Il s'essuie les yeux avec sa manche.

« Il a passé la nuit à dire qu'il allait mourir ici si ça continuait, et qu'il était prêt à faire tout ce qu'ils voulaient pour être libéré. Le pauvre se tordait de douleur. Quelques heures après, sa vessie a explosé.

— Les conna... », commence Khalil avec colère, mais le garçon l'empêche de terminer en lui plaquant sa paume sur les lèvres.

« Je n'ai rien à voir avec tout ce qu'il s'est passé ici. Je suis informaticien. J'ai obtenu il y a quatre ans une bourse d'études aux États-Unis où je suis allé avant d'y travailler.

— Et ensuite ?

— Je suis rentré l'été dernier pour les vacances. Je ne comprenais pas vraiment ce qui se passait dans le pays. Je ne me sentais pas concerné, à vrai dire. »

Le garçon incline la tête vers la droite et, malgré la fatigue, exprime une grande douceur.

« Un vendredi, je suis sorti de chez mes parents pour acheter du pain, j'ai entendu des gens clamer des slogans dans une rue proche. Je me suis approché par curiosité. J'ai trouvé intéressant ce qu'ils disaient, cela m'a plu : "Liberté, pacifisme, égalité !" C'était beau, excitant. Puis le bruit des balles a retenti. Un groupe de policiers a attaqué le cortège, et ils m'ont embarqué avec eux. C'est comme ça que je me suis retrouvé ici. On m'accuse d'avoir regardé les traîtres en souriant.

— Ils t'ont torturé ?

— Pas beaucoup, par rapport à d'autres. J'ai seulement eu droit à l'électricité et au fouet. Je suis ici depuis cinq mois déjà, je ne sais pas s'ils se souviennent encore de moi. Ça fait des semaines que je n'ai pas été interrogé… Mais je te jure, je ne suis pas militant ! Je n'ai même aucune activité politique. Je passe ma vie devant mon ordinateur. Si je sors de chez moi, c'est pour faire les courses ou aller dans une soirée rock. Je joue du rock, et j'ai obtenu un prix à Los Angeles ! »

La porte s'ouvre et le geôlier balance leur déjeuner sur le sol : « Bon appétit, bande d'animaux ! » L'informaticien ne bouge pas, alors Khalil lui tend un morceau de pomme de terre.

« Non merci, ma mère m'attend pour le déjeuner et je n'ai pas encore rapporté le pain.

— La mienne est malade. Ce n'est pas pour autant que nous devons cesser de vivre. »

Le garçon attrape le morceau de pomme de terre en dévisageant Khalil et croque dedans. « Tu ressembles beaucoup au frère de ma fiancée. » « Ne t'inquiète pas, tu vas sortir et les revoir. Moi, ils m'ont arrêté quelques heures après que j'ai embrassé la fille que j'aime pour la première fois.

— Les services de renseignement sont très croyants et sont très à cheval sur la morale islamique. »

Le garçon rit, Khalil remarque qu'il a une dent cassée. « Je l'ai perdue quand ils m'ont arrêté. Un coup de crosse. Le soldat m'a dit : "C'est pour que tu souries bien la prochaine fois que tu verras ces salauds." Imagine, ma dent est tombée au sol, elle n'a pas été arrêtée. Elle est toujours libre ! Peut-être que le gouvernement la cherche... »

Dans une cellule à côté, une torture est en cours et les sons qui résonnent l'angoissent, mais le garçon poursuit : « J'ai rencontré ma bien-aimée ici, en Syrie, pendant les vacances ; je voulais repartir avec elle aux États-Unis. Notre appartement est prêt là-bas. Je l'ai bien décoré, avec des reproductions de tableaux au mur, surtout des Van Gogh que j'adore. Il y a aussi un grand miroir et une chaise à bascule, de façon que si ma femme s'y installe, je peux la regarder, soit directement, soit dans le miroir, qu'importe où je me trouve dans le salon. J'ai acheté un lit pour deux personnes, pour la chambre, avec des oreillers rouges, très doux. J'attendais avec impatience le moment où l'on commencerait cette nouvelle vie à deux. Mais depuis mon arrestation, je ne sais pas si elle a rencontré quelqu'un d'autre ou même si elle est en prison, comme moi. »

Les deux hommes passent alors un accord : ils ont échangé leur adresse, le premier qui sortira de cette prison dira à la famille de l'autre que leur fils est toujours vivant et où il se trouve.

Chapitre 56

De : Mohammad <mohammadamir@gmail.com>
Envoyé : 23 décembre 2011
À : Youssef <youssefcadi@gmail.com>
Objet : À la suite de notre première rencontre

J'ai rendu visite à mon père et je n'aurais pas dû. Il savait tout ce qui est arrivé à Sarah, mais il ne m'en avait pas parlé pour ne pas me blesser : à Douma, elle a continué à travailler pour le cabinet d'avocats. Elle adressait le décompte des victimes lors des manifestations aux organisations de défense des droits humains. Un des groupes islamistes locaux était mécontent de cette activité sur laquelle ils n'avaient pas de contrôle. Leur bâtiment a été attaqué et tout le monde a été arrêté. La famille de Sarah a été mise au courant par des connaissances. Les ravisseurs de Sarah, après moult négociations, ont accepté de la libérer en échange de 20 000 dollars américains. Ses parents ont dû vendre leur maison pour réunir la somme.

Depuis sa libération, sa famille l'empêche de sortir. Ses parents ont fait savoir à mon père que les fiançailles n'étaient plus d'actualité car, selon eux, je ne suis pas un homme comme il faut. Finalement, Sarah a été contrainte d'épouser son cousin.

Mon père a pris vingt ans ces derniers temps. J'ai essayé de le rassurer en prétendant que tout allait bien et que tout irait pour le mieux au travail. Mais je ne peux pas cacher la situation du souk à un homme qui a passé sa vie dans le commerce. Il m'a dit : « Personne ne gagne d'argent et ce sera encore plus dur à l'avenir. Je vais vendre le magasin. » Je l'ai supplié de changer d'avis. Il lui a fallu des années de dur labeur avant de pouvoir l'acheter. Il a refusé, c'est une tête de bois, comme toi.

Mon père était allongé, et toussait à nouveau très fort. Il n'a pas voulu que j'appelle un médecin. Je lui ai promis que j'allais me marier très bientôt et qu'il verrait ses petits-enfants jouer autour de lui. Il m'a fait taire d'un signe de la main : « J'ai entendu de mauvaises choses à ton propos. Dis-moi, c'est vrai, tu couches avec des homosexuels ? »

Je ne sais pas comment il l'a appris, mais ce n'est pas grave. Il m'a inculqué la franchise et quand je lui mens, il le sait. Je suis resté silencieux, espérant que la terre s'ouvre sous mes pieds et m'engloutisse.

« Tu n'es plus mon fils. Dégage et ne reviens jamais chez moi. » Il a dit ces mots doucement, simplement. Il me tournait le dos. J'ai marché jusqu'à la porte, et je suis parti en ayant le sentiment d'avoir tout perdu.

Chapitre 57

En arrivant au Centre, les enfants ont vu les cadeaux et se sont précipités à l'intérieur, malgré Youssef. « Attendez au moins deux jours ! » Mais en deux jours, ils craignent que le bâtiment ne soit bombardé et les présents réduits en cendres. Joséphine les rassure en leur disant que tout sera mis en sécurité.

« Si vous voulez, on peut les cacher chez nous. On a une cave bien protégée », lui dit un petit garçon de 10 ans. « Merci, mais ils sont bien ici », lui répond-elle pendant qu'elle répartit les paquets dans des sacs. « Moi, j'aime bien les dessins. J'en fais beaucoup, et mes parents adorent ce que je fais. » L'enfant sort une feuille de sa poche, sur laquelle est dessinée une terrasse bombardée, des fusils et un visage dans le ciel. « C'est mon ami Ibrahim, il est parti le mois dernier, il est au paradis maintenant. C'est un martyr. »

Le soir tombe rapidement sur la ville, les arbres sont glacés. Dans les rues, de rares passants achètent du pain à la seule boulangerie encore ouverte. Leurs pas sur les feuilles sèches rompent le silence qui enveloppe le quartier.

Bilal est en réunion avec le chef du groupe militaire islamiste, ce dernier est assis au cœur de la pièce, et triture sa longue barbe. « Ils n'auront pas le droit de chanter ni de dire Joyeux Noël. Seulement à cette condition on leur permettra de manifester. »

Il continue en récitant ce verset coranique : « "Allah n'aime pas ceux qui se réjouissent." Dieu condamne ici tout bonheur étranger à l'islam. Cette fête chrétienne que vous voulez célébrer ne nous ressemble pas. Et puis, la musique ne renversera pas le régime mais ceci le fera ! » dit-il en brandissant un coran. « Tu as raison ! concède Bilal.

— Je ne veux pas que tu me dises que j'ai raison, mais que tu me croies. Voilà cinquante ans qu'un criminel nous dirige. Les communistes et les laïcs ont tenté de résister en demandant de l'aide à la communauté internationale et pour quel résultat ? Al-Assad a tué et arrêté des dizaines de milliers de personnes. Personne d'autre qu'Allah ne nous viendra en aide.

— Tu as raison. »

Chapitre 58

De : Youssef <youssefcadi@gmail.com>
Envoyé : 26 décembre 2011
À : Mohammad <mohammadamir@gmail.com>
Objet : À la suite de notre première rencontre

Ma mère m'a téléphoné aujourd'hui, les services de renseignement ont débarqué chez elle pour m'arrêter. Elle m'a supplié de ne surtout pas venir et de ne pas les appeler. Je sais que je suis en sécurité ici à Al-Khaldiya mais j'ai peur qu'ils ne la prennent en otage.

La situation est devenue très compliquée : un homme de notre quartier s'est infiltré en zone alaouite et s'est dissimulé à côté de la maison d'un général. Quand celui-ci est sorti de sa voiture, il l'a poignardé au ventre. En représailles, le régime a exécuté dix prisonniers à Homs et tout fait pour arrêter des militants pour se venger.

Fais attention à toi, Mohammad ! Même en utilisant des VPN, j'ai entendu dire que le régime employait des cyber-spécialistes pour surveiller les comptes des militants et ceux qui les contactent. Le mieux serait que nous nous écrivions moins souvent.

Ce qui s'est passé entre toi et ton père, ce n'est pas la fin du monde. D'une façon ou d'une autre, il aurait fini par le savoir. Nos familles ne nous acceptent pas comme nous sommes, pour cela, il faudrait que nous soyons de simples reproductions d'elles-mêmes. Nous serons persécutés du fait de notre différence.

Je sais que tu n'es pas heureux, mais laisse-moi tout de même te souhaiter un joyeux Noël.

Chapitre 59

Lorsque l'officier arrive ce matin-là dans la prison, sa première requête est qu'on lui amène le prisonnier numéro 117.

« Dans mon bureau immédiatement.

— Tout de suite », lui répond le secrétaire en faisant le salut militaire.

Khalil se lève en entendant son numéro, son prénom ici. L'informaticien se lève aussi et le prend dans ses bras.

« Bon courage. Si tu devais ne pas revenir, sache que je respecterai notre accord.

— Bouge-toi et ferme ta sale gueule ! le brusque le soldat. Tes camarades ont commencé à assassiner les grands chefs de l'armée, dit-il en s'adressant à Khalil. C'est ça votre révolution pacifique ? »

Khalil ouvre puis ferme la bouche dans une vaine tentative de réponse. Ses lèvres sont desséchées, de grandes traces noires cerclent ses yeux. Son dos est voûté, il vacille, ses genoux ne cessent de se dérober sous son corps meurtri. Le contact de la moquette sous ses pieds à vif lui est insupportable, il sautille presque, agité de tremblements nerveux.

« Ceux qui tuent pour parvenir à leurs fins, ce sont les islamistes. Nous n'avons rien à voir avec eux.

— Nous savons que vous travaillez ensemble ! Vous êtes tous des traîtres ! »

Il lui montre une photo de Youssef.

« Qu'est-ce que tu sais sur ce connard ?

— Rien.

— Je n'ai pas de temps à perdre. Soit tu parles, soit j'appelle Dracula.

— Non ! Non, pas lui.

— Alors ?

— Je ne sais rien sur ce type ! Je vous le jure. »

Le tortionnaire l'empoigne et le jette au sol :

« Cette fois, ce n'est pas une bouteille que tu vas avoir dans le cul. C'est vingt bites de soldats qui vont t'enculer les uns après les autres jusqu'à demain matin… »

Au moment où il lui écrase le tibia avec sa botte, Khalil hurle : « Attendez ! Attendez ! Arrêtez. » Il sanglote : « Youssef est un membre de Qalb… Il organise des manifestations… »

Sa voix n'est plus qu'un souffle. L'officier le redresse et l'assied brutalement sur une chaise.

« Il habite où ?

— À Al-Khaldiya.

— Et la salope qui s'appelle Joséphine et qui traîne tout le temps avec lui ? » Cette question lui fait l'effet d'une balle entrant dans son cœur.

« Je ne la connais pas. »

L'officier le frappe à nouveau au tibia, lui arrachant des cris. « Dans ce cas, j'appelle notre ami Dracula. »

Lors de ces moments, Khalil revoit Joséphine le jour où ils se sont quittés et qu'elle est partie vers le souk Al-Hamidiyah. Il se souvient de ce sentiment étrange qui l'a submergé un bref instant. L'impression d'avoir déjà vécu ces instants, déjà vu Joséphine tournant la tête de cette façon charmante. Oui, il avait déjà vécu ça, mais il avait oublié quand.

Les mots sortent, il parle, sans faire attention à ce qu'il dit.

« Joséphine circule entre Homs et Damas, où nous nous sommes vus pour la dernière fois. Elle n'a pas dû bouger. »

Le militaire avale une grande gorgée de son café et réfléchit en regardant les feuilles de papier qui jonchent le bureau.

« Je sais que tu veux sortir. Et je te promets que tu vas retourner à l'université. Si tu veux de l'argent, on sera aussi là. Mais avant, tu dois faire ce que je te demande : je vais te rendre ton portable, tu vas appeler Joséphine et lui dire que tu as été libéré et que tu l'attends quelque part dans le centre-ville, et…

— Hors de question !

— Dracula…

— Non ! C'est bon… je vais le faire. »

« Joséphine ? Salut, salut, salut ! Je suis libre !
— Quoi ? Depuis quand ? Tu es où ?
— Je t'attends devant le souk Al-Hamidiyah. Je t'expliquerai.
— Je suis à Homs... »

L'officier souffle à Khalil ce qu'il doit dire.
« C'est moi qui viens alors. Tu peux être à la gare routière d'ici deux heures ?
— J'y serai. Tu me manques beaucoup. »

Une fois que Khalil a raccroché, le gradé éteint le téléphone portable, avant de lui attraper le menton :
« Pourquoi t'as répété "salut" trois fois ?
— Ah bon ?
— Si c'est un code entre vous, tu es un homme mort. »

Chapitre 60

De : Mohammad <mohammadamir@gmail.com>
Envoyé : 28 décembre 2011
À : Youssef <youssefcadi@gmail.com>
Objet : À la suite de notre première rencontre

Je ne peux pas moins t'écrire, je suis accro à tes mots. Et je n'ai plus peur d'être arrêté pour cela.

Tu es sans doute surpris, mais je ressens une immense solitude. Je pense beaucoup à mes amis émigrés, emprisonnés ou engagés dans la révolution. Tous se sont éloignés de moi car je ne partage pas leur combat.

Je suis allé dans une boîte de nuit qui vient d'ouvrir à Bab Touma, à seulement cinq kilomètres de la Ghouta orientale où se déroulent les combats. C'est très différent des boîtes de nuit que l'on connaît : pas de chansons cochonnes ni prostituées et le décor est occidental. C'était plein de gens qui dansaient en groupe. Cette frénésie donnait l'impression qu'ils compensaient ainsi le fait de vivre chaque jour avec la mort. Au bar, une cliente a demandé à la serveuse d'où elle venait. Celle-ci lui a répondu qu'elle était une déplacée, des environs de Damas. Elle avait fui avec sa famille les affrontements.

Avec son diplôme de tourisme, elle aurait pu partir à l'étranger, mais elle a choisi de rester : « Je suis comme un poisson : hors de l'eau, il ne peut plus respirer. »

J'ai commandé un shot de vodka, j'avais besoin d'un alcool fort pour noyer ma tristesse. Un garçon mince de grande taille et charmant se déhanchait près du DJ. Il te ressemblait beaucoup... Plus loin, sur la piste de danse, deux filles s'agitaient à moitié saoules. Je me suis approché, mais l'une d'elles m'a jeté un drôle de regard avant de se détourner avec mépris. Elles ont continué à se toucher le visage, les épaules et les seins. Derrière moi, un homme m'a ensuite heurté sans s'excuser. Je suis allé commander une autre boisson en souriant à la barmaid qui ne m'a pas remarqué. J'ai ensuite dit bonsoir à une femme aux cheveux rouges qui était à côté de moi. Elle m'a répondu d'un vague geste de la tête. J'avais besoin de parler à quelqu'un. Alors je l'ai invitée à prendre un verre, mais elle m'a immédiatement répondu qu'elle était fiancée.

Le bruit de la musique était presque insupportable, les lumières de toutes les couleurs éclataient en faisceaux et les gens continuaient à danser et à boire sans retenue. J'ai compris à leur façon d'être et à leurs tenues qu'ils étaient soit des enfants de hauts gradés, soit des trafiquants.

J'ai détesté ma vie.

Je suis allé aux toilettes, au mur il y avait une publicité pour des chaussures de sport : un joggeur en plein désert avec au-dessus de lui un grand soleil. J'ai touché l'image du bout des doigts, je m'imaginais dans la péninsule Arabique, enfonçant mes mains dans le sable pour enterrer cette terre maudite d'où ne jaillissent que pétrole, guerres et haine.

À deux heures du matin, je suis rentré chez moi avec le besoin de t'écrire. J'étais désespéré, effondré. Dans la rue, il n'y avait qu'un vieil homme qui balayait ce que les passants avaient jeté.

Chapitre 61

Le soleil perce à travers le rideau. Mohammad repense à ce qu'il a dit à Youssef quand il était là : « Je rêve de vivre avec une fille mignonne et calme, qui m'accepterait comme je suis. Elle pourrait être employée dans une association où elle travaillerait toute la journée. On ne se verrait que le soir, pour sortir et se balader. On parlerait de tout. Ensuite, on reviendrait à la maison et je préparerais une salade pendant qu'on boirait un verre. Avec elle, je n'aurais besoin de rien d'autre. On ne se disputerait presque pas… » Youssef l'avait alors coupé : « Tu regardes trop de films ces jours-ci. »

Il rit en se souvenant de ce dernier commentaire. Puis lui revient ce qui s'est passé entre son père et lui. Juste un instant, il se sent libre, n'a plus peur de l'avenir et n'est plus triste.

La migraine, les vertiges le prennent, il ne parvient pas à trouver le sommeil. Il n'a plus de médicaments mais il hésite à descendre dans la rue à cette heure où les gens vont travailler.

La pharmacie n'est qu'au bout de la rue. Il sort en bâillant, croise deux garçons. L'un d'eux lui dit : « Ça va, pédé ? » Sans réfléchir, Mohammad le gifle. Les deux types le font tomber par terre et le rouent de coups de pied avant de s'enfuir une fois que le sang a recouvert son visage.

Mohammad essaye de se mettre debout, mais n'y parvient pas. Il rampe jusqu'au trottoir où il reste assis un moment, la tête entre les mains.

Un simple d'esprit que tout le monde connaît dans le quartier vient vers lui. Comme à son habitude, il tient une bouteille dans laquelle se trouve une éponge.

« Ne t'inquiète pas ! Nombreux sont ceux qui m'ont frappé. Tu es d'où ?

— De Damas.

— Moi aussi ! Je suis d'origine chinoise et ma mère vient de Corée. Nous sommes tous des enfants de cette planète malade. »

Mohammad essuie le sang qui a coulé le long de son cou avec un mouchoir.

« Mais tu es Syrien.

— Je ne suis pas sûr ! Tu sais, les Mongols nous ont envahis il y a des siècles et ils ont baisé nos mères. Nous sommes leur descendance, des bâtards. Crois-moi, si ce n'était pas le cas, tu verrais pas tout ce mal autour de toi. »

Il tapote le bras de Mohammad.

« Je cherche un couteau depuis un moment, t'en as pas un ?

— Pour faire quoi ?

— Pour sortir l'éponge.

— Mais qui l'a fait entrer dans la bouteille ?

— C'est moi. Je voulais la mettre à l'abri. Je ne savais pas que je l'emprisonnais, je dois la libérer pour que la paix l'emporte. »

Puis il se met à courir en criant : « Préparez-vous ! Un trou noir va vous avaler ! »

Chapitre 62

Quand Youssef entre dans la chambre, il est anxieux. « Il ne faut pas que tu ailles à la gare, il y a des mouvements bizarres là-bas. Je me suis renseigné : il semblerait que personne n'ait vu Khalil. C'est un piège. Tu es surveillée. Donne-moi ta carte SIM, je vais la détruire. » Joséphine lui tend la carte déjà découpée en petits morceaux : « C'est déjà fait. Je m'en suis doutée à sa voix. On avait mis en place un code : si au téléphone l'un de nous deux répète un mot, cela signifie qu'il faut faire l'inverse. » Elle s'arrête et observe Youssef.

Le costume du Père Noël qu'il porte lui donne un air ridicule, il est beaucoup trop court pour lui et la barbe blanche ne recouvre pas totalement la sienne. « T'as l'air d'une caricature ! » lui dit-elle en revêtant son propre costume rouge.

Ils arrivent sur la place où doit avoir lieu la manifestation à bord d'un pick-up décoré de lumières multicolores et rempli de sacs contenant les cadeaux. Les enfants, impatients, les attendent déjà avec leurs parents.

L'électricité a été coupée et quatre hommes barbus et armés encadrent la foule. Youssef, furieux, leur demande ce qu'ils font là. Un des hommes lui explique qu'ils protègent la manifestation sur l'ordre de leur chef.

« Mais nous ne vous avons rien demandé », leur répond-il avant de tourner les talons. Un carton accroché sur son buste déclare : « Je suis le prisonnier Khalil, accusé d'aimer la liberté. » Il frappe une cloche et Joséphine se met à chanter *Leilat Aïd* : « C'est la nuit de la fête, les décorations, les gens, le son des cloches résonne au loin... » Elle distribue les cadeaux aux enfants qui l'entourent tandis qu'ils reprennent avec leurs mères la chanson. L'une d'entre elles lui donne un châle vert : « C'est tout ce que nous pouvons vous offrir. J'espère que cela vous plaît. » Joséphine le met sur ses épaules, saisit une des extrémités du châle et l'agite en dansant.

Le chef des barbus arrive et lui demande de disperser la foule sur-le-champ. « On n'a pas encore fini la distribution. » Il insiste : « Vous donnerez les derniers cadeaux plus tard. »

Bilal, qui est parmi les pères de famille, assiste à cette scène entre cette Mère Noël et l'homme en armes.

Des enfants ont commencé à se battre pour les paquets, leurs parents ne réussissent pas à les calmer. Le chaos gagne la foule. « Calmez-vous ! » crie Joséphine en répétant les slogans les plus connus de la révolution : « Liberté, justice, démocratie, pacifisme ! » Mais plus personne ne lui prête attention. Youssef la prend dans ses bras et l'amène à la voiture. Sa petite pancarte « Je suis Khalil » est tombée dans la mêlée.

Le chef islamiste tire en l'air pour réclamer l'ordre : « Rentrez chez vous immédiatement ! » Une balle casse une porte en verre sur un balcon à proximité. Il demande à ses sous-fifres un bidon d'essence qu'il vide jusqu'à la dernière goutte sur le reste des jouets avant d'y mettre le feu. Puis se tournant vers Bilal : « On avait dit que les chansons étaient interdites.

— Crois-moi, je leur ai parlé mais Joséphine...

— Qui est cette connasse qui nous tient tête et s'oppose à nos ordres ? Amène-moi à leur Centre. »

La place n'est plus éclairée que par les flammes des cadeaux qui partent en fumée. À cette lumière, les hommes ont l'air de fantômes dans la nuit.

Chapitre 63

Partout le bruit de la violence, des insultes et des gens qui pleurent. Cette nuit, un concert de tortures se tient dans la prison. Khalil est de nouveau seul, le froid est insupportable. Lorsqu'il était dans la cellule collective, le souffle des prisonniers l'atténuait, mais ce soir, ses mains sont bleues, le sang a cessé de couler dans ses veines.

Il essaye de rêver pour une minute, une seconde même, qu'il est avec Joséphine. Pour faire durer ce souvenir, à l'occasion de cette première heure de 2012, il se bouche les oreilles. Il pense à une histoire entendue il y a longtemps : Saül, le mauvais, marchait sur le chemin de Damas quand un éclair a jailli du ciel. Jésus lui a parlé et ordonné d'entrer dans la ville jusqu'à la rue Droite où il allait rencontrer Hananiya préalablement informée par le Christ du rendez-vous. Khalil est là, à Bab Charki, il court vers son amour. Joséphine est au milieu de l'orage. Elle porte une veste fourrée ; pour lui, la beauté de l'univers se dissimule sous ses habits. Ses cheveux sont trempés, le khôl coule sur ses joues, laissant des traces noires. Khalil se demande si Joséphine pleure ou bien si c'est à cause de la pluie. Il l'appelle, le ciel est comme éclairé par des feux d'artifice. Des fleurs de jasmin voltigent délicatement, auxquelles se mêle une plume d'oiseau. Khalil ne parvient plus à avancer, une douleur atroce traverse sa poitrine, un gardien l'a frappé et lui a brisé un os.

Dracula l'amène dans le bureau de l'officier. L'homme est installé confortablement, les pieds sur la table, à côté d'un reste de viande grillée et d'un verre vide. Au centre de la pièce, deux femmes tremblent.

« On m'a dit que tu n'as pas encore fêté la nouvelle année. Voici l'occasion de le faire tous ensemble. »

De la tête, il désigne les jeunes femmes tout en scrutant Khalil. Il essaye de les déshabiller mais elles lui mordent la main. L'homme sort un couteau et déchire leurs vêtements. Khalil détourne la tête. L'officier rit à gorge déployée. « Tu es gêné ? Allons, je suis sûr que le sexe te manque. Tu es jeune, tu dois assouvir tes pulsions. Dracula, aide-le à se déshabiller ! »

Khalil ne bouge pas tandis que le soldat exécute l'ordre en l'obligeant à garder les yeux bien ouverts.

Le chef caresse les fesses de ses prisonnières avec son fouet : « Tu vois, c'est agréable. Ces deux charmantes jeunes femmes sont sœurs, leur père a déserté l'armée pour se battre du côté des salauds. »

Il saisit la plus petite par le cou et la pousse sur la table. « Épargne-moi ! Je suis mère de trois enfants !

— Je vais t'en faire un quatrième alors ! » lui répond-il en la maintenant par la taille tandis qu'elle s'agite pour se libérer de son étreinte. Il sort son sexe et commence à la pénétrer.

« Prends ça, salope ! Je vais te remplir de mon sperme et je vais niquer votre révolution, votre liberté ! » Comme elle lui résiste, cela l'excite encore plus. Sa sœur crie :

« Laisse-la, ordure ! Criminel !

— Viens la remplacer ! »

Il coince la seconde contre le mur. Dans la débâcle, elle lui donne un coup de tête sur le nez. Il la gifle si violemment qu'elle tombe sur le tapis. « Viens, gros porc. Je suis ta mère. Viens baiser ta mère ! » Elle ouvre ses cuisses et, le regard provocant, ajoute : « Tu vois à quel point sa chatte est délicieuse ? »

L'officier s'éloigne d'elle, s'assied et allume une cigarette : « T'as pourri l'ambiance ! » Il arme son pistolet, braque le canon sur elle. « Si je te tue, tu seras plus tranquille. Mais d'abord, je veux que tu souhaites mourir. »

Il ordonne à Dracula de tous les ramener dans leurs cellules.

Une fois seul, Khalil se remémore l'histoire des enfants de Deraa qui avaient écrit sur un mur : « Le peuple veut renverser le régime. » C'était au début de la révolution, les services de renseignement les ont arrêtés et leur ont brisé les doigts. Leurs pères étaient allés demander leur libération au général Atef Najib qui leur avait rétorqué : « Oubliez-les et faites-en d'autres. Si vous n'en êtes pas capables, envoyez-nous vos femmes. »

Chapitre 64

Joséphine soigne Youssef qui a été blessé au bras pendant l'altercation lors de la manifestation. Il lui répète : « On n'est peut-être pas allés jusqu'au bout, mais on a fait quelque chose d'important ! » Elle lui lance avec amertume : « Bonne année, cher optimiste ! Je suis très triste pour ces gens. Tu as vu comment ils étaient ? Ils se battent pour presque rien. »

Un bruit de pas leur parvient de l'extérieur, Youssef ouvre la porte et se retrouve face au chef de la milice, la main sur le pistolet et le kufiya autour de la tête et du front. Sa grande barbe descend jusqu'au col de sa veste noire. Bilal se tient derrière l'homme. Youssef a beau rester calme, ses yeux sombres révèlent sa colère. Leurs regards se croisent dans la pénombre. Le chef bouscule Youssef et entre dans l'appartement. Sans un mot, il parcourt le Centre jusqu'au dispensaire de fortune, puis il observe la chambre où dorment Joséphine et Youssef sur deux matelas collés : « Qu'Allah nous pardonne ! » dit-il en s'avançant vers la pièce principale.

« Je vous rappelle que nous sommes musulmans et que la religion, pour nous, compte avant tout. Vous avez contrevenu à cette règle de base. »

Son ombre bouge au sol, selon l'intensité de la flamme de la bougie. Youssef enlève lentement la veste du Père Noël qu'il portait encore. « Nous avons chanté, ce n'est pas un crime.

— C'était interdit, l'ordre que nous avions donné était clair.

— Ce n'est pas parce que nous sommes tous nés dans ce pays que nous devons être semblables. Laissez-nous résister à notre façon et, de votre côté, faites ce qui vous convient. Nous avons tous le même ennemi : Bachar Al-Assad, c'est ça le plus important aujourd'hui.

— Je refuse d'entendre ce discours creux que récitent les laïcs.

— Comme tu veux, mais j'ai le droit de le tenir.

— Vous avez fait pire que chanter ce soir, ton amie n'a pas mis de voile pendant la manifestation. Vous ne saviez pas que c'est *haram* ?

— Elle portait un bonnet de Noël, répond en souriant Youssef.

— Tu te moques de moi ?

— Non. Dis-toi simplement que cette fille a apporté jusqu'ici tous les médicaments dont nous avions besoin, elle a aussi fait venir des caméras. Si elle couvre ses cheveux, ça change quoi ?

— C'est à nous de décider si ça change quelque chose ou non ! Nous protégeons le quartier et, rien que pour cela, vous devez respecter nos règles ! Et puis comment pouvez-vous dormir dans la même pièce alors que vous n'êtes pas mariés !

— Il n'y a rien entre nous.

— Cela ne change rien, il faut vous marier. Je suis imam, je peux arranger cela. Voici les témoins », dit-il en montrant ses aides.

Youssef lève les sourcils, des rides apparaissent sur son front.

« Tu es sérieux ?

— Je ne suis pas là pour plaisanter. On peut faire ça cette nuit.

— Et si on refuse ?

— Vous partez d'ici. »

Bilal, assis entre les deux hommes, parle pour la première fois depuis leur arrivée : « Tu as un grand cœur, ô notre chef ! Donne-lui deux jours pour réfléchir.

— Si c'est toi qui le demandes, alors je leur donne ces deux jours. »

Chapitre 65

Joséphine, qui était restée à l'écart dans une autre pièce, a tout entendu. Elle prend la main de Youssef. « Mon mari selon la charia islamique, je serai obéissante », lui dit-elle d'un ton moqueur.

« Ils sont sérieux. Nous avons quarante-huit heures pour nous décider.

— Moi, je rentre demain à Damas.

— Tu es recherchée ! Tu es en grand danger.

— Je préfère être arrêtée que de vivre avec ces cons sous leurs lois. »

Elle coiffe ses cheveux en arrière.

« Depuis mon dernier séjour à Homs où j'ai pu constater que ces barbares étaient partout, je pressens un grand massacre. Le régime actuel permet à ces gens armés et dangereux de faire ce qu'ils veulent. Il donne à la communauté internationale l'illusion qu'il fait face au terrorisme, ainsi il peut bombarder sans que personne n'en réchappe ni ne s'en soucie. Nous, par contre, nous ne sommes rien du tout. Tout ce que nous voulions, c'était vivre comme des êtres humains. Mais nous avons réclamé la liberté à un pays qui n'était pas prêt.

— C'est notre terre.

— Oui, mais elle ne nous a offert que l'oppression. Ce pays n'a jamais connu la stabilité. Pendant des siècles, nous n'avons été qu'une zone de guerre livrée à des dictateurs.

— Où veux-tu en venir ?

— Il faut que tu quittes la Syrie très vite. Moi, j'attends Khalil.

— Tu ne peux lui être utile en aucune façon. Et tu veux l'attendre où ? À Alep ? Les services de renseignement sont partout là-bas. Idleb ? Les Frères musulmans contrôlent tout. Deraa ? La ville est assiégée. Soit on part ensemble, soit je reste avec toi.

— Une seule chose me fait peur, c'est d'oublier la révolution et de passer notre vie perdus entre les pays et les continents. »

La bougie est en train de s'éteindre. Dehors, le vent souffle avec force. Youssef tourne la tête vers la porte : « Nous sommes nés exilés. Au moins, à l'étranger, on sera officiellement des migrants, on ne subira plus ce double exil. Allons à Beyrouth. Il y a des chemins discrets, on peut y être dans deux heures. »

Il sort son portable pour contacter les passeurs mais s'interrompt : « Qui va filmer les victimes ici si on part ?

— YouTube regorge de cadavres, et cela sans aucun résultat.

— Tu sais, chaque fois que je vois un blessé ou une maison bombardée, je pense à la guerre civile espagnole. Tu connais *Guernica* ?

— Ça me dit quelque chose.

— Pablo Picasso a fait un tableau d'une ville effacée de la carte par les nazis. La toile est devenue immensément célèbre. Des gens de tous les pays viennent la contempler. Imagine si ce peintre vivait aujourd'hui au milieu de notre guerre civile, combien de *Guernica* devrait-il alors réaliser ?

— Et même s'il le faisait, crois-tu que cela amènerait quelqu'un à penser à nous ? Nous avons des milliers de photos qui documentent très précisément tous les crimes commis par le régime. Elles passent par des milliers de portables. Malgré cela, presque personne ne fait attention à cette tuerie. Notre sang n'a aucune valeur. »

Chapitre 66

Il a passé l'après-midi à délirer et à répéter des noms dans son sommeil, surtout celui de sa mère, Souad, et celui de Joséphine. Quand Khalil se réveille, il a l'impression d'avoir fait mille cauchemars oubliés au réveil.

Quelqu'un frappe sur le mur de la cellule voisine. Il pense d'abord que c'est une hallucination, mais cinq minutes après, le bruit recommence. Khalil répond d'une seule frappe sur son côté du mur. Deux coups lui répondent. Il sait qu'il n'y a qu'un seul détenu dans cette cellule. Il ne l'a entraperçu qu'une fois, sans pouvoir déterminer si c'était un homme ou une femme. Il se recroqueville un peu plus sur lui-même dans l'obscurité.

Il tape en rythme sur la paroi, la réponse lui parvient de la même façon. Ce dialogue se poursuit jusqu'au matin. Le couloir est vide et le silence règne dans la prison.

Lorsque le gardien arrive, Khalil donne deux coups secs pour souhaiter une bonne nuit à son voisin. Il ne sait pas s'il a compris.

Depuis des jours, les tortures ont cessé et on lui apporte du riz à la place des pommes de terre. Chaque fois, il se dit qu'il a très envie de manger un plat avec des tomates. Le parfum de ce fruit lui manque plus que son goût. Rien qu'en y pensant, il entend les chansons de son village. Un flot de salive afflue dans sa bouche, il inspire très profondément, une aura de matin d'été nimbe son âme. Il serait prêt à donner sa vie pour une tomate à cet instant.

Chapitre 67

De : Youssef <youssefcadi@gmail.com>
Envoyé : 01 janvier 2012
À : Mohammad <mohammadamir@gmail.com>
Objet : À la suite de notre première rencontre

Je ne peux pas tout t'expliquer. Je pars pour Beyrouth tout à l'heure. Peux-tu m'y rejoindre ?

Le Liban ne sera pas mon point de chute, je ne veux pas vivre dans un pays où les Syriens n'ont aucun droit. On y restera seulement quelques jours, peut-être un mois, avant de demander l'asile à la France.

Nous sommes 23 millions de migrants à l'intérieur de notre propre pays et le double à l'extérieur. Nous sommes disséminés sur toute la terre : de l'Amérique latine à la Chine. Depuis toujours, nous n'arrivons à être une patrie qu'en dehors de notre sol.

J'arriverai avant le coucher du soleil. Sur la route je penserai à tes lèvres, à ta voix, à ton cou et à ton souffle quand tu fais l'amour. Ils me donneront l'énergie nécessaire pour traverser la frontière.

J'attends le chauffeur, ce qui me laisse un peu de temps pour fixer en moi tous les détails de ce quartier. Ici, au milieu du danger, j'ai vécu mille vies.

Chapitre 68

De : Mohammad <mohammadamir@gmail.com>
Envoyé : 02 janvier 2012
À : Youssef <youssefcadi@gmail.com>
Objet : À la suite de notre première rencontre

Des mois que je t'attends à Damas et toi, tu m'invites au Liban !

Notre pays nous sépare, mais l'exil va nous réunir. Quelle vie surréaliste !

J'ai eu un petit accident et, depuis quelques jours, je ne sors plus de chez moi. J'ai rassemblé mes affaires, comme j'ai beaucoup de livres, je n'ai pas pu les prendre avec moi. Je les ai enveloppés dans un drap et je suis descendu dans le jardin derrière le bâtiment où je les ai enterrés. Je n'ai pas fait cela pour qu'ils deviennent un arbre à livres, mais pour les protéger des bombardements futurs. Peut-être que quelqu'un les trouvera un jour, quelqu'un qui saura que le verbe est plus efficace que les armes.

Je laisserai la clé à la maison. Je ne dirai adieu à personne. De toute façon, mon entourage a disparu. Je voyagerai en avion. Cela sera moins dur que de voir défiler les lieux où j'ai grandi. Je ne veux me souvenir de rien.

Je crois qu'on finira tous, jusqu'au dernier Syrien, par se retrouver ailleurs, en dehors du pays. Pour ceux qui resteront, la Syrie que l'on connaît finira par les abandonner eux aussi.

Et oui, cette tragédie ne date pas d'hier. Depuis longtemps nous sommes chassés par les conquêtes islamiques, les batailles entre les califes, les Mongols, les Ottomans, les coups d'État et voici qu'aujourd'hui, l'histoire se répète, mais avec les fascistes. Je suis sûr qu'il y a mille ans, des gens ont vécu comme nous, refusant cette violence, et ont fini par être tués ou par fuir.

Cette guerre est semblable aux jeux romains, au cours desquels des hommes se battaient à mort. La différence, aujourd'hui, c'est que le spectateur, c'est le reste du monde. Finalement, tueurs et victimes disparaîtront, il ne restera que leurs tombes oubliées et personne pour se souvenir de leur passage ici.

Seule compte notre histoire au milieu de cet effondrement général.

Chapitre 69

Ils n'ont pas beaucoup de choses à emporter. Youssef cache dans une chaussure une carte mémoire contenant tout ce qu'il a filmé depuis le début de la révolution. Joséphine a envie de tout emporter avec elle : les rideaux, les couvertures, même les paroles prononcées dans cette pièce. Soudain, pendant qu'elle prépare les bagages, elle dit : « C'est vrai qu'on ne s'est pas mariés selon leur charia. Mais j'ai le sentiment qu'on s'est mariés selon notre liberté. On a refusé leur mariage pour choisir le nôtre. Ce n'est pas une métaphore, je le vois, je le sens. C'est un mariage fort, sacré, le temps qu'on a passé entre ces murs a créé un lien éternel entre nous.

— Moi aussi, je le sens. C'est un mariage entre rebelles. Peut-être qu'une nouvelle génération viendra et continuera notre résistance.

— Ou alors, c'est nous qui reviendrons pour achever ce que nous avons commencé. »

Le départ est définitif mais personne n'ose se l'avouer.

En sortant du Centre, ils croisent un vieil homme et sa femme. Cette dernière pose sa main sur le bras de la jeune fille : « Je sais qu'ils ne vous laissent pas tranquilles, mais nous allons vous protéger. Nous nous sentons en sécurité grâce à vous.

— C'est trop tard, il n'y a plus de place pour nous ici. Nous ne voulons pas vous causer des problèmes. »

Le vieux les regarde. « Le bateau coule et vous êtes des oiseaux. Allez construire votre nid au loin. »

Bilal se tient à côté de la voiture, il essaye de s'excuser pour ce qui s'est passé. Youssef ferme le coffre avec colère : « Soit tu pars avec nous maintenant, soit tu continues ici avec ces brutes !

— Parle moins fort !

— C'est ça la révolution dont tu rêves ? »

Un bruit de balles venant de loin les coupe et se dissipe très rapidement.

« Je ne peux plus reculer. J'ai prêté allégeance à l'imam, ils me tueront où que j'aille.

— Tu demandes l'asile et tu seras protégé.

— Je suis croyant convaincu, je ne peux pas renier ma foi, même si je ne suis pas d'accord avec tout ce qu'ils font. »

Le véhicule démarre, Joséphine contemple une dernière fois les balcons, les portes et les murs à demi détruits. Chacun renferme des centaines d'histoires, des secrets, des espoirs, ceux d'un pays en souffrance. Youssef lui désigne la balançoire, l'obus que des enfants balançaient y est toujours. À côté, les enfants jouent aux billes avec des tas de douilles vides. Joséphine agite son châle vert en signe d'adieu mais, trop concentrés, ils ne la remarquent pas.

Chapitre 70

Dans un coin de la pièce, une petite pierre noire, du basalte, semble étrangère au milieu de ses compagnes de couleur grise. Une fourmi va et vient à sa surface, avant de grimper au mur, descendre et disparaître.

Khalil pense au jour de sa sortie. Il souhaite retourner en cellule collective, là-bas discuter l'apaise. Mais non, bien au contraire, cela pourrait l'empêcher de s'abandonner librement à ses fantasmes…

Il est avec Joséphine, sur la montagne du Qassioun, tous deux tournés vers Damas. La ville leur apparaît immense, calme. Elle s'étend à perte de vue, mouchetée du miroitement de petites lumières. Khalil tente de repérer sa maison. Un groupe vêtu de blanc passe à côté d'eux, regardant le ciel sans prêter attention à quiconque. Il scrute leurs visages, c'est Rachid, Bilal, Youssef, Adel et d'autres croisés au cours de cette vie.

Une femme pleure. Le bruit des pas des gardiens et des chaînes le sortent de sa rêverie.

Des portes s'ouvrent et se ferment, la fourmi est revenue. Est-ce la même ou une autre ? Il lui offre un grain de riz : l'insecte le prend et s'en va, libre. Il s'empare de la petite pierre noire et écrit au bas de la paroi : « Ô toi qui vas passer par ici, le plus dur, c'est la prison en toi. »

Le chant d'un rossignol lui parvient à travers la petite fenêtre. Il sautille entre les barreaux.

Joséphine et lui descendent de la montagne, la ville est vide comme si elle n'était qu'à eux. Les livres sont toujours sur les trottoirs du Halbouni, les vendeurs dorment à côté. Un arbre est marqué d'une trace de fumée noire : une bombe ? ou un feu allumé pour se réchauffer ?

Ils arrivent à l'endroit où ils se sont embrassés. L'aube se lève derrière la montagne, le minuscule croissant de lune est encore visible et une étoile brille au-delà de la vieille ville.

Devant une grande fontaine, des lys tendent leurs tiges comme pour raconter aux passants leur histoire. L'une des fleurs a été coupée et jetée au sol. Khalil la ramasse et la met dans les cheveux de Joséphine. La jeune fille se détourne comme la dernière fois, mais désormais, il est sûr qu'elle ne va plus s'éloigner : il est avec elle pour toujours sur ce chemin sans fin.

Centre Intermondes
La Rochelle
19 août 2018

Remerciements

À Louise Danou, qui m'a donné le courage d'écrire en français, et m'a accompagné à chaque étape de ce travail d'écriture. Sans son aide, ce livre n'aurait jamais vu le jour,

À Virginie Garrett, pour sa relecture enrichissante du texte,

À Lionel Donnadieu, pour son aide en tant que correcteur.

Ce livre a pu être écrit grâce à l'obtention d'une bourse du CNL (Centre national du livre) en 2018 et à une résidence d'écriture au Centre Intermondes à La Rochelle. Qu'ils en soient remerciés.

Les citations sont tirées de Tarikh Al-Khulafa, *Histoire des califes*, de l'historien Al-Suyūtī, 1445-1505 et de *Fayde Al-Khater*, Ahmad Amīn, 1886-1954.

13428

Composition
NORD COMPO

Achevé d'imprimer à Barcelone
par CPI Black Print
le 9 février 2022

Dépôt légal : février 2022
EAN 9782290234600
OTP L21EPLN002855N001

ÉDITIONS J'AI LU
87, quai Panhard-et-Levassor, 75013 Paris

Diffusion France et étranger : Flammarion